Mehstî,
chair des mots

Du même auteur

Terre et cendres, P.O.L, 2000
Les Mille Maisons du rêve et de la terreur, P.O.L, 2002
Le Retour imaginaire, P.O.L, 2005
Syngué Sabour – Pierre de patience, P.O.L, 2008
Maudit soit Dostoïevski, P.O.L, 2011
Compte comme moi ! (avec Olivier Charpentier), Actes Sud Junior, 2015
La Ballade du calame, L'Iconoclaste, 2015
Dessine-moi un dieu (avec Bruno Salamone), Actes Sud Junior, 2015
Les Porteurs d'eau, P.O.L, 2019
L'Invité du miroir, P.O.L, 2020
Si seulement la nuit (avec Alice Rahimi), P.O.L, 2021

Atiq Rahimi

Mehstî,
chair des mots

CALMANN LEVY

CALMANN LÉVY

ÉDITEUR DEPUIS 1836

COUVERTURE
Maquette : Olo éditions
Illustration : © Atiq Rahimi

ISBN 978-2-7021-6338-2

Ce livre, écrit en hommage à mes premiers maîtres de poésie
– mon ami Monir et ma sœur Sima –,
est dédié à H. G.

« Écrire ne rencontre l'extériorité
que comme expression infinie,
une transcendance sans visage,
un voyage sans retour, une extase. »

Pascal QUIGNARD, *L'Homme aux trois lettres*

« Pose tes lèvres sur les miennes
Mais laisse ma langue libre pour te dire je t'aime »

Poème anonyme des femmes pachtounes

Être – ne pas être

Tu es là, dans le clair-obscur d'une lampe tempête suspendue au plafond d'une taverne. Je te vois jouer une douce mélodie au rythme de tes fins doigts faisant vibrer les cordes de ta cithare. De temps à autre, je t'entends chantonner un de tes quatrains.

Le juge, dont la femme tomba enceinte, gémissait
En se demandant avec haine ce qui s'était passé
« Je suis vieux, ma bite ne bande plus
Cette pute n'est pas Marie, qui alors l'a engrossée »

On rit. On t'applaudit. On dirait que toute la taverne veut la peau du mufti.

Personne n'ose t'accuser d'être une poète vulgaire. Et personne ne s'étonne, non plus, qu'en tant que femme tu qualifies de « pute » l'épouse jouisseuse du juge, et que tu ironises sur Marie !

Ils te réclament encore un quatrain. Tu t'exécutes.

Ô mon idole ! Au nom du Messie si tu es chrétien
Je veux que tu viennes à moi sans crainte
Un temps, sèche mes larmes avec ta manche
Un temps, caresse mes lèvres sèches avec tes lèvres mouillées

On siffle. On t'applaudit encore. Tous crient qu'ils veulent se convertir rien que pour devenir tes amants.

Dans l'incertitude de cette lumière, qui souligne plutôt le noir de la nuit qu'elle ne détaille la taverne et les visages, je ne vois que ton ombre.

Je suis loin de toi.

Très loin.

En fait, nous ne partageons même pas un espace-temps commun.

Toi, tu es à Marv, une ville de ce qu'aujourd'hui on appelle le Turkménistan. Et cette scène se passe trois jours après l'arrivée du printemps de l'an 489 selon le calendrier hégirien solaire, correspondant au 23 mars 1111 de l'année grégorienne.

Ne t'inquiète pas, c'est seulement une date. Rien que pour donner à cette ambiance une vraisemblance livresque, et non guère une véracité historique.

Moi, je vis en 2023, en exil dans la caverne de mon écritoire, au fin fond de l'Île-de-France.

Donc, toute tentative de faire peindre ton portrait en mots ou en images est vaine.

Toute recherche iconographique me ramène à des miniatures et esquisses inspirées par le fantasme de peintres qui ne t'ont jamais rencontrée.

De même, ta biographie.

Il y a très peu de documents écrits sur toi, hormis quelques récits très fantasmagoriques, alors que les poètes et les savants de ton époque sont abondamment racontés, étudiés, vénérés, aussi bien de leur vivant qu'après leur mort.

Ce mutisme de l'histoire littéraire à ton égard en dit long sur toi.

À nous donc d'écouter ce silence et de contempler ce vide pour comprendre ce que tu es.

Existes-tu vraiment ?

Ou faut-il te (ré)inventer ?

La tentation d'écrire une romance sur ta vie est grande, et déjà éprouvée par deux, trois auteurs à différentes époques. Mais, faute d'éléments fiables et avérés, tu es représentée dans ces ouvrages plutôt comme un *personnage* que comme une *personnalité*. Un personnage uniquement fictif, de sorte que toute ton existence est remise en cause.

Je ne veux aucunement ajouter de l'ombre et du doute sur toi, même si je me permets de fantasmer sur ta présence dans cette taverne. Fantasmer comme tous les autres hommes. Quoi que je fasse, il m'est impossible de ne pas poser sur toi mon regard masculin. Une subjectivité mâle qui ne m'aidera pas non plus à écrire sainement ta biographie.

Je ne sais pas comment te faire revivre.

Telle que tu es décrite par les autres ?

Ou telle que moi j'aimerais te raconter aux autres ?

Je ne suis ni historien de la littérature, ni biographe, ni chercheur, ni érudit… Rien qu'un simple lecteur qui ressent un immense plaisir textuel en lisant tes quatrains.

Je n'ai que tes poèmes – copiés, recopiés et relatés d'une manière fort disparate par les chroniqueurs et les poètes, bien après ta mort.

Désolé de t'apprendre que ton vrai recueil complet sera détruit lors de l'invasion de la ville de Hérat (actuelle ville frontalière entre l'Iran et l'Afghanistan) par Ubaid-Allah Shah Ozbek, au XVIe siècle.

Ton œuvre est aussi victime de guerre.

Répertorier tes quatrains est en soi un exploit. Moi, je m'y suis perdu, comme ces historiens qui ne cessent de se battre pour authentifier tes vers. Les uns comptent 168 poèmes, les autres 142, 191, 257, 271, 315, dont certains ont été enregistrés sous les noms de grands hommes de la poésie. Entre autres, Khayyâm, ton contemporain.

Il n'y a aucune source fiable. Même algorithmiquement.

Les quatrains que je cite dans cet ouvrage sont sélectionnés d'une manière très intuitive et subjective, selon mes besoins thématiques et narratifs.

Cela peut te paraître étrange que malgré toutes ces incertitudes j'essaie de te faire renaître de tes cendres pour échanger avec toi. Dans l'état actuel du monde, je te l'avoue, on a besoin de ton regard ironique sur nous qui vivons dans une ère où le puritanisme est de retour.

Tes mots sont aujourd'hui plus dérangeants qu'à ton époque.

Mais ce qui semble saugrenu, voire absurde, c'est que je m'adresse directement à toi pour te raconter ta vie et te parler de tes poèmes. Toi, tu te connais mieux que moi. Je ne t'apprends rien. Ni sur toi-même ni sur l'Histoire dans laquelle tu vis.

En revanche, ce que l'on dit de toi après ta mort, tu ne peux pas le savoir.

C'est en soi un roman.

Et de là où tu es, au-delà du temps, j'espère que tu peux percevoir ton absence et ta présence dans l'Histoire.

Bien sûr, je te parlerai aussi de moi-même, de ce que j'apprends de toi, de ce que j'aime en toi… et de mon *aimance* qui s'incarne dans tes mots. Cela fait un an que je t'écris, que je m'écrie ton nom.

Je dors avec toi, je me réveille à tes côtés, je partage avec toi mon petit déjeuner, ma salade de fruits, mon jus de grenade. Et je m'ébats avec toi. Je fantasme sur toi…

C'est pourquoi je te parle, et je te tutoie, sans que tu me connaisses.

Je me présente.

Je m'appelle Atiq Rahimi, un ex-exilé afghan, dont la langue maternelle est la même que la tienne, le persan. À part la langue, nos pays ont connu une même catastrophe historique : l'invasion de nos terres natales, par l'Armée rouge soviétique.

Sois heureuse de ne pas l'avoir vécue !

Et je suis écri-vain.
Qui t'écris.

Ma lubie ne s'arrête pas là. En te tutoyant, je mets en péril toute mon écriture, et à travers elle toute ton existence.

Je m'explique. Sans nous connaître, sans être dans un espace-temps commun, le tutoiement est au fond un artifice qui peut nuire à mon dessein de te faire vivre en tant que destinataire, comme si tu étais vivante, présente devant moi en chair et en mots.

Je prends le risque.

Et même si tu n'existais pas, je t'écrirais quand même, car, je t'avoue, rien n'est aussi extraordinaire que de parler d'une poète inventée et d'y croire. Et d'en tomber amoureux.

De toi à moi, que tu existes vraiment ou non, cela, aujourd'hui, ne peut rien changer dans le monde.

À l'instar de nos ancêtres, nous vivons dans le même cirque et nous en allons par la même porte. C'est toi qui dis :

Avant-hier, j'étais cachée au cœur du feu.
Hier, la brise m'a soufflé des mots joyeux :
« Aujourd'hui, celui qui baigne dans un flot d'honneur
Demain, il dormira sous le sol ténébreux »

Non, rien ne change. Ni dans le monde ni dans le destin.

La mort emporte tout.

Je préfère donc changer de monde avec toi.

À commencer par changer de langue.

Je t'écris dans une langue, ma langue d'exil, qui n'est pas la tienne. Ni la mienne, d'ailleurs. Je l'ai choisie, et elle m'a adopté. Cela me permet de tout dire, sans détour. Je n'ai pas ton audace d'avoir un langage cru dans ma langue maternelle qui, de par son appellation, m'impose des tabous, de la pudeur, du sacré…

Cela peut te surprendre qu'un homme du XXIe siècle ait tant de prévenances langagières.

Eh oui, c'est une époque moins drôle que la tienne. Crois-moi. On ne peut plus rire ni du sexe ni de Dieu. Sinon, la fatwa ! En tout cas dans nos pays d'origine. Et dans de nombreux coins du monde.

Pourquoi t'écrire alors ?

Envie de te connaître, humblement.

P.-S. : Écrire en français sur toi, comme tu le verras tout au long de notre conversation, m'astreint à la transgression de cette belle langue non seulement pour la traduction de tes poèmes, mais aussi pour t'appeler *une poète*. Le sens de ce délit t'échappe, bien évidemment, faute de genre grammatical dans notre langue à nous, le persan.

La musicalité du substantif féminin français « poétesse » heurte mon oreille.

D'autre part, il est évident que transposer le rythme, les assonances et les rimes exactes d'un vers dans une autre langue est une vaine tentative. Sauf par trahison. Surtout avec tes poèmes à toi.

Je te trahis, donc. Pour des questions de versification. Mais de temps à autre, sans aucune raison, seulement par pur plaisir de réécrire tes vers, dont les thématiques me sont chères, et qui deviendraient impossibles à comprendre si je les traduisais dans un langage eurythmique.

Je les laisse sauvages, sans accords, sans cadence.

Ici – ailleurs

Il y a quelque chose d'étrange en toi. De rare.

Comme toutes et tous les poètes, tu n'appartiens pas à ton époque, certes, mais, en lisant tes vers, je vois apparaître dans le blanc entre tes mots l'ère dans laquelle tu vis. Je te trouve dans le harem du sultan Sandjar, dans les rues de Gandja, de Balkh… Je t'entends rire avec les bouchers, les boulangers, les mollâs.. J'assiste à ta conversation avec le mufti. Je te vois embrasser un jeune chrétien ou juif…

Et en même temps j'ai l'impression que tu es ici, en face de moi, dans ma caverne d'écriture, que tes mots transforment en taverne du XIIe siècle, m'emportant avec toi dans un ailleurs, là où nous pouvons vivre hors espace, hors temps. Entre deux mondes. Ou plutôt dans un « intermonde », un espace connu sous le nom de *barzakh*.

Mais pas dans le sens théologique du terme, pas cet endroit où l'âme quitte le corps et subit certaines épreuves pour l'absolution de ses péchés.

Tu aurais ri de moi en m'entendant délirer ainsi sur l'endroit où je t'installe.

Non, je ne t'invite pas là, dans le *barzakh*, pour t'absoudre. Tu n'as commis aucune faute.

Je ne parle pas de cela. Mais de celui conçu par Sohravardi, le grand philosophe avec qui tu partages le temps et la langue.

Après son exécution par les fanatiques de ton époque, les mystiques ont fondé toute une théorie, très controversée, à propos de ce lieu qu'un islamologue des pays du Couchant a nommé espace « imaginal », où se croisent le réel et l'imaginaire, l'être et le néant, l'essence et l'apparence… et en dernière instance la vie et la mort. C'est là que se révèle ce qui est caché ; l'invisible devient ainsi visible. Et inversement.

Tu me prends pour un auteur naïf qui aime glisser quelques pensées philosophiques, histoire de…

Sans doute.

Mais j'aime Sohravardi, non guère seulement à cause de son destin funeste, victime de l'intolérance des oulémas qui ont obligé le pouvoir à le mettre en prison et à le priver de nourriture. Mais aussi pour sa philosophie et pour son idée de *barzakh*, qui va à l'encontre de la théologie dominante. Et même à l'encontre de la philosophie platonicienne, très en vogue. Cet intermonde n'est pas le « monde des Idées » du philosophe grec. Mais le monde des Formes et Images « en suspens » comme dans un miroir. On est à la fois dedans et dehors.

Je pense que c'est dans cet espace que la vérité prend forme, que la forme incarne la vérité.

Le réel et l'imaginaire fusionnent, mais pas dans la confusion. Au contraire, l'un reflète l'autre. Ils se complètent. Ils ne se renient pas. Ils ne sont pas dans la rivalité, mais dans la continuité, dans la complicité.

Toutes les normes terrestres sont détruites.

Toutes les valeurs.

Toutes les orientations.

Dès que tu en franchis le seuil, la question « où suis-je ? » n'a plus de sens. Ton « je » de poète réside alors à cet endroit hors du lieu, une voie vers un *nâ-kojâ-âbâd*, une cité bâtie dans un ailleurs. Comme cette taverne où tu chantes à cet instant même, suspendue dans le temps.

Il n'y a aucune raison pour que tu ne sois pas dans ce *barzakh*. Ton existence réelle est enveloppée de tant de voiles imaginaires que seule cette terre imaginale est capable de te donner l'asile poétique et existentiel. Cela fait dix siècles que tu as disparu, que tu demeures dans cette étendue-là, où je viens à ta rencontre.

C'est dans cet espace virtuel de l'écritoire que je peux, paradoxalement, t'amener où je veux, quand je veux.

Intime – extime

Dire que tu es une légende, alors que peu de gens te connaissent, peut te paraître contradictoire. Mais je ne parle pas de toi comme une célébrité, plutôt comme une mysticité. L'incertitude qui plane sur ta vie, et l'originalité de ta poésie pour l'époque, comme aujourd'hui, font de toi une poète si authentique que, malgré tout, ta réalité existentielle disparaît derrière ta vérité textuelle.

De cela, tu ne peux pas te rendre compte. C'est la charge de l'Histoire de t'en déterrer. Comme le grand poète persan Sheikh Farid-o-Din Attar, que tu ne connais pas encore. Il est aussi parfumeur et apothicaire. Il vit un siècle après toi. Il est d'ailleurs presque le premier qui parle de toi dans un récit que je te cite intégralement. Sa prééminence historique à part, le texte me donne beaucoup d'indications sur toi et sur ton époque.

Mahsati, femme d'esprit et de vertu
Était la favorite du roi Sandjar
Bien qu'elle ne fût pas belle de visage

Le roi lui était attaché
Une nuit, elle était à la prairie de Radkan
Auprès de l'auguste Sandjar
Tard dans la soirée
Le roi se mit au lit
Mahasti aussi, quittant le roi
Se dirigea vers la tente khâs
Or Sandjar avait pour échanson
Un esclave d'une parfaite beauté
À laquelle s'alliait le charme
Le roi en admiration devant ces qualités
Était subjugué par lui
Et le traitait comme son unique bien-aimé
En se réveillant, il eut envie de lui
Mais ne le voyant pas il résolut d'aller à sa recherche
Endossant un vêtement de nuit
Et prenant une épée indienne
Il vint le voir dans sa tente
Il aperçut Mahasti qui lui tenait compagnie
L'échanson était assis
Mahasti à ses côtés contemplait son visage ensorcelant
Elle jouait sur la lyre d'amour
Et murmurait ces paroles :
« Au bord de la prairie je te serrerai dans mes bras
Et je filerai cette nuit la quenouille d'un autre. »
Le roi voyant cela retint le vers aussitôt
Il pensa : « Si armé de mon épée,
J'entre maintenant à l'improviste sous cette tente,
Ces deux êtres ignobles seront saisis d'épouvante

Et je serai responsable de leur mort. »
Fort troublé, il se hâta de rejoindre sa tente.
Quelque dix jours s'écoulèrent
Le roi fit alors préparer un somptueux banquet
Devant lui, Mahasti jouait de la harpe
Et chantait une mélodie rhapsodique
L'échanson lui aussi était là, debout
Tenant la coupe, les yeux baissés
Le roi avait retenu le vers entendu l'autre nuit
D'un air naturel, il demanda à Mahasti de le chanter
En l'entendant répéter ce vers
Elle laissa dans son saisissement tomber sa harpe
Tremblant comme la feuille elle s'évanouit
Pendant qu'elle était inconsciente
Le roi s'assit à ses côtés
Et répandit de l'eau de rose sur son visage
Alors elle reprit ses sens
Mais défaillit de nouveau à la vue de Sandjar
Cela se répéta une dizaine de fois
Mais Mahasti ne révéla pas la cause de son trouble
Alors le roi lui dit : « Si c'est moi que tu crains
Sache que ta vie est sauve et que tu n'as d'autre ennemi que toi-même. »
Elle répondit : « Mon effroi n'est pas là
Sache qu'une nuit j'appris le vers que tu citais tantôt
Toute une soirée je le répétai
Tantôt avec joie, tantôt à contrecœur
Maintenant en songeant à cette nuit
Mon cœur se serre et l'univers me paraît une prison
Il me semble que cette nuit tu me surveillais à mon insu

Tu peux maintenant me garder ou me repousser
Si tu me repousses, ton cœur s'attendrira,
Et tu me rappelleras, même si tu me tues
Tu m'auras délivrée de cette existence
La cause de mon effroi est ailleurs
C'est que le Seigneur qui soutient l'univers
M'observe à chaque instant
Alors que mes actes sont tels que je n'ose en parler
Que dirai-je, que ferai-je, lorsque Dieu
Me présentera le compte de mes actes sur une centaine d'années ? »
Puisque Dieu te voit nuit et jour
Tu dois sourire tout en brûlant comme la chandelle
À chaque souffle exhalé de ton cœur rends-Lui grâce
Ne respire pas dans l'insouciance.
Si tu t'efforces de Lui rendre grâce
La générosité divine te fera trouver tout ce que tu désires[1].

Étonnante anecdote. D'autant plus qu'elle est écrite par Attar.

À la première lecture de ce passage, dois-je t'avouer, je croyais me tromper d'ouvrage. Et pourtant non, c'était bien lui, la figure emblématique du mysticisme oriental, qui l'avait écrit dans son livre *Elâhi-namah*, un titre très évocateur traduit par *Le Livre divin*. En français, tu ne peux plus entendre cette interjection, cet appel à Allah, que lance le mot *Elâhi !*

J'en parle parce que mon esprit altéré trouve assez osé de mettre sous cette apostrophe divine des histoires charnelles et des anecdotes coquines, racontées avec tant de subtilité. Mais, bien sûr, elles finissent toutes par une morale mystique.

Dans ce poème, Attar te présente avec peu de mots dans chacune de tes dimensions : historique, géographique, poétique, esthétique et amoureuse. Et tout cela, comme tu aimes, sans métaphore aucune.

En amenant le sultan, accompagné de son amant-échanson et de toi sa poète favorite, si loin, dans son éden, Attar crée une ambiance intime et oisive. Certes. Mais dramaturgiquement parlant, dans cet espace, il y a tous les thèmes d'une tragédie classique – classique de mon point de vue, aujourd'hui :

L'intimité,
l'amour,
l'adultère,
la trahison,
la vengeance,
la culpabilité,
le pardon
et, bien sûr, la rédemption.

Attar ne t'a pas connue en chair et en os, mais, comme moi, en mots. Où a-t-il alors déniché l'anecdote ? Aucune source n'est donnée. Il l'aura entendue quelque part. Qu'importe. Je ne veux aucunement me prononcer sur la véracité de cette histoire. Je ne suis pas philologue.

Cette scène aussi, je la mets dans ce *barzakh*, sous la plume d'un poète comme lui, qui ne cesse de me surprendre et de m'enchanter.

Je ressens le plaisir qu'éprouve l'auteur à écrire le texte, nous introduisant dans des vallées intimes de ta vie, où je me hasarde à te connaître.

Mah-Meh

Elle était là, Leili Anvar, l'érudite traductrice de la littérature persanophone, devant moi, dans un bistrot parisien. Ses yeux clairs, l'auberge de l'azur, trahissaient sa pudeur mystique quand elle me parlait de toi, comme poète scandaleuse et insolente.

C'est elle qui m'a soufflé pour la première fois ton nom que je n'avais pas retenu immédiatement.

Elle m'a fait lire sur un site Internet iranien tes poèmes dont quelques-uns étaient incomplets, soit parce qu'il manquait des mots dans les manuscrits, soit parce que les autorités éthico-politiques censuraient tes expressions très crues, dépourvues de frilosité.

Eh oui, tes quatrains, comme ta vie, comportent des trous. Ce qui accroît la curiosité d'un fouineur, pour ne pas dire voyeur, comme moi.

Je me suis donc suspendu aux trois points avec lesquels les copieurs de jadis et les éditeurs d'aujourd'hui remplissent les abîmes que laisse dans ta poésie le sceau de l'hypocrisie. Ignorant que ces trous en disent plus que les mots, ces hommes de pouvoir nous offrent malgré eux un champ d'interprétations et de délires sur tes vers.

Tu ne connais évidemment pas ces signes de ponctuation. Cela n'existe pas encore. Il faut attendre presque six siècles pour les voir devenir des graines linguistiques, et surtout politico-érotiques, perforant tes poèmes.

En fait, ces points sont des figures de l'absence qui engendrent du suspense dans la dramaturgie de la langue : il y a quelque chose à ne pas dire, mais à deviner.

Tout est donc à découvrir, à interpréter et à délirer chez toi.

D'abord ton nom. Tu ne dis jamais et nulle part que ton vrai prénom est Manija, comme celui de ma fille. Je l'ai appris plus tard à travers mes lectures. Mais ton nom d'artiste est déjà une histoire en soi, pour laquelle je te hais ! Car j'ai passé du temps à l'étudier sans jamais parvenir à une conclusion satisfaisante.

À commencer par sa prononciation.

Ce n'est pas à toi que je vais apprendre cette particularité de notre écriture persane, comme dans la langue arabe, qui est l'omission des voyelles courtes. Les cinq lettres : مهستی M H S T I peuvent être prononcées Mehsitî, Mahsâti, Mahsti, Mehsti, Mehsati, Mahséti, Mehsoti, Mohsoti…

Je parie que Khayyâm, ton ami de l'époque, aimerait tellement enlever le *h* de ton nom, pour t'appeler *Masti* qui signifie l'ivresse, ou « tu es ivre ».

À chacun le plaisir de donner un sens et une histoire à ton nom. Cela t'amuse, on dirait. Mais lequel est vraiment le tien ?

Silence.

Et cette anecdote, que j'ai lue plusieurs fois dans les différents documents à ton propos :

On dit qu'un jour elle demanda à Sultan Sandjar :
« Je suis une de tes servantes, une moindre servante, la plus petite ! »
Sultan lui répondit :
« Tu es meh hasti ! »
Ce qui veut dire « tu es grande ». Mais certains dirent que Sultan n'avait pas dit « meh », mais « mah hasti », ce qui veut dire : « Tu es la lune. »

Cependant, en lisant les deux premiers vers de ton quatrain, qui te nomment ouvertement, j'ai peut-être une clef :

من مهستی ام، بر همه خوبان شده طاق
مشهور به حُسن در خراسان و عراق

Je suis Mehstî, unique parmi les beautés
En Khorâsân et en Irak, devenue une célébrité

Dans sa version originale, je m'aperçois que, si l'on prononçait autrement que Mehstî, ou Mahsti, le rythme du poème en persan en serait perturbé. La traduction française, hélas ! ne nous aide pas à le percevoir.

Die Schöne Mahsatî (La Belle Mahsatî) est le premier livre de recherche qui t'est entièrement consacré, écrit par l'orientaliste suisse Fritz Meier (1912-1998). Lui opte pour la prononciation *Mahsatî*, mais en cherchant les racines perso-indiennes de ton nom qui, apparemment fréquent à cette époque, est composé de *mah* (grande) et *satî* (dame, en hindi), ce qui donne « grande dame ».

Il y a ici un souci phonétique et sémantique. Si on prononce ces lettres selon la langue classique de la civilisation brahmanique, le sanskrit, il faut dire : *Maha-sâti.*

Maha, en hindi, signifie « grand » en effet ; mais en persan, c'est *meh.*

En outre, il faut noter qu'en Inde *sâtî* est surtout utilisé pour les veuves qui doivent se raser la tête, s'habiller en blanc et se jeter dans le feu qui emporte le corps de leur défunt mari.

Tu ne vas pas me dire que dans ta région toutes les dames se considèrent comme veuves, même si leur époux est en vie !

Dans les dictionnaires persanophones, on écrit *Mehsitî*, supposant que *siti* ne vient pas du sanskrit ; mais de la forme abrégée du mot arabe *saydati* (ma dame).

Mais Attar préfère apparemment *Mah-astî*, « Tu es lune », ce qui lui permet de jouer avec ton pseudonyme. Un exercice rhétorique que tu dois apprécier.

À ton époque, le champ sémantique de *meh* ou *mah* en persan est aussi vaste qu'aujourd'hui, et très hétéroclite : grand, chef de tribu, courageux, lune, calame, mois, miel, brume.

Si je prononce correctement ton prénom en persan, je dirai *Meh-hasti*, dont la forme contractée serait *Mehstî*, en accentuant bien le *h* pour ne pas détruire ton art rythmique.

Donc, en version arabo-perse, cela donne *Mehsatî*.

En perso-indienne, *Mehsâti* ou *Mahasâti*.

Je préfère t'appeler *Mehstî*, avec un *h* intensifié qui rend si sensuel ton pseudonyme.

Tu vois, rien que ton nom, il déroute et trouble.

Il était – il n'était pas

Elle était, elle n'était pas… Voilà ce que je déduis de ce que j'ai pu lire sur toi. Les textes des biographes sont si contradictoires qu'ils sèment le doute sur ton sexe, sur ta personnalité, voire sur ta vie. Ils sont tous écrits après ta mort – dont la date change selon les auteurs.

Et afin de fixer une date pour ton décès, on recourt même à la poésie, à la métaphore, comme Nazmî Tabrîzî (XXe siècle), qui, en écrivant ta petite biographie en vers, dit :

Je cherchai par la voie d'abjad l'année de son décès
« Mehstî fut une fleur » en devint la date

Ce jeu ésotérique arabo-perse appelé *abjad*, tu le connais. Si on attribue à chaque lettre une valeur numérale, la somme de ce vers en persan indique donc la date de ta mort, 577 Hégire lunaire (soit 1181 dans le calendrier grégorien).

Comment l'a-t-il trouvé ? Aucune réponse.

Toi, tu le sais ?

Si tu connaissais un certain Jorge Luis Borges, tu serais heureuse de l'entendre dire à un journaliste : « Que voulez-vous que je dise de moi ? Je ne sais rien de moi ! Je ne sais même pas la date de ma mort. »

Une pensée très *khayyâmi*, que Borges doit connaître : « Qui suis-je pour savoir ce que je suis ! »

Mais ton cas est encore pire.

Tu demeures dans un fatras historique qui te condamne à être longtemps ignorée, voire reniée.

Alors qu'en lisant un seul de tes quatrains si authentiques, si personnels, on ne peut aucunement douter de ton existence.

Cependant, s'il n'y avait pas tant d'incertitudes à ton égard, je n'écrirais rien sur toi.

Écrire sur quelqu'un, c'est aussi cela, se jeter dans les failles de sa réalité existentielle.

Elle était, elle n'était pas…

Cela peut être un incipit pour nous introduire dans ta vie. Comme celui des contes persans : *Yaki boud yaki nabou…* (« Il était il n'était pas », sans virgule), l'équivalent du « Il était une fois… » dans la culture occidentale. C'est un énoncé qui nous emporte au pays des merveilles.

Un mantra, dirais-je. Un mantra qui n'occulte pas la réalité. Ni n'en doute. Mais qui ouvre une fenêtre vers l'imaginaire étendu à l'infini, sur le champ des possibles.

Retiens ton sourire. Je vais te rattraper à l'instant. Mais j'aimerais quand même te dire un mot sur cet incipit, seulement pour mieux comprendre pourquoi ce doute sur ton existence.

Il n'est pas sûr, encore une fois, que cette formule magique du début des contes existe à ton époque. Mais elle révèle tant de choses sur l'esprit d'une civilisation dans laquelle tu as vu le jour, et grandi. Et à laquelle j'appartiens aussi. Dans cette civilisation la réalité et la fiction fusionnent de sorte qu'il devient impossible de les distinguer. Aussi l'Histoire devient-elle mythe, et le mythe se transforme en Histoire.

Dans une telle vision, tout être, tout objet, tout geste prend une dimension événementielle.

Oui, tu es un événement, en passant d'une personne réelle à une personnalité historique, puis en t'incarnant dans un personnage légendaire et fictif.

Voilà pourquoi je t'installe dans le *barzakh*, ce lieu de « il était il n'était pas… ». Que cela te plaise ou non.

D'ailleurs c'est toi-même qui dis (ou Khayyâm, pensent certains) :

Puisqu'il ne reste que du vent de ce qui existe
Puisqu'il n'y a que la perte et la défaite dans tout ce qui existe
Suppose donc, tout ce qui existe, il n'est pas dans l'univers
Et tout ce qui est dans l'univers, nulle part n'existe

Ce paysage entre l'être et le néant n'est autre que l'intermonde, le *barzakh* ! Là où ton corps est enveloppé de ton esprit.

En toi que cela provoque-t-il d'être dans cet espace ?

Un émerveillement ?

Une extase ?

Ou rien du tout ?

En te voyant si présente en chair et en os, si joyeuse et jouisseuse dans tes poèmes, je dirais : Une extase dont la version mystique arabo-persane se traduit par le mot *hayrat*, perplexité, étonnement... Et un émerveillement, tel qu'Attar le décrit dans son chef-d'œuvre, *Le Langage des oiseaux*, comme la sixième vallée avant d'atteindre la dernière, celle du Néant :

> *Et si on lui demande : « Es-tu sobre, es-tu ivre ?*
> *Es-tu ou n'es-tu pas, dis-moi, existes-tu ?*
> *Te tiens-tu dans le centre ou la périphérie ?*
> *Es-tu au bord des choses ? Caché ou révélé ?*
> *Néant ou éternel ou bien les deux ensemble ?*
> *Ou bien ni l'un ni l'autre ? Es-tu toi ou pas toi ? »*
> *Il dira : « Je ne sais, non, je ne sais plus rien*
> *Je ne sais même pas si vraiment je ne sais*[2]*... »*

Ce n'est pas là, dans cette vallée *hayrat*, que je te cherche.

Mais bel et bien dans la vallée de l'Extase.

Puisque je parle de ta vie, je me demande pourquoi il y a si peu d'autobiographies dans notre culture persanophone.

Je n'ai pas compris si c'est par modestie, par peur, ou par pudeur.

Mais ce que j'aime en toi, c'est que tu prends le risque de parler de toi-même sans masque, nue, débarrassée des beaux habits de la métaphore. Ton « je » est vraiment toi, Mehstî, et nullement une autre.

Quelle est alors la raison pour laquelle tu n'as jamais écrit toi-même le récit de ta vie ? Aujourd'hui, il n'y aurait aucun doute sur ton existence, sur tes quatrains. À moins que tu n'aimes être que dans la brume, dans la *meh* !

Il y a trois romances sur toi, tu le sais ?

Je te les résume.

Il était il n'était pas... Mehstî, une femme poète, chanteuse, musicienne, joueuse d'échecs, buveuse de vin... dont la vie est un conte, voire une romance, qui, par-delà le temps, devient la muse de poètes comme Jawhari Zargar (poète biographe, XIIe-XIIIe siècle), qui écrit en persan *La Romance d'Amir Mahmad et Mehstî.*

D'après ce texte, tu es née dans une famille bien éduquée. Ton père fut un mufti de la ville de Khujand. (Je ne sais quels étaient vos rapports, mais, dans ta poésie, tu n'es guère complaisante avec les muftis, ces juges islamiques !)

Tu n'as que sept ans quand ton père meurt. Ta mère t'emmène alors avec elle à Gandja, où vous vous installez dans le quartier Kharâbât, une sorte de bohème (j'y reviendrai) fréquentée par des poètes, des musiciens, des mystiques, des ivrognes.

Très intelligente et habile, tu séduis, dès ton adolescence, le sultan du royaume de Khorâsân. C'est dans sa cour que tu rencontres les grands maîtres de la poésie et les savants éminents comme Khayyâm, et tant d'autres. Ainsi que ton futur époux, un certain Amir Ahmad Pour Khatib, fils d'un prédicateur de Gandja.

On dit qu'une nuit Amir Ahmad rêve d'une houri qui lui offre du vin au paradis. Le lendemain, il rencontre dans la taverne, au *kharâbât*, cette beauté qui joue de la harpe, récite des poèmes et sert du vin. Il tombe amoureux, quitte son foyer pour vivre auprès de toi, dans l'ivresse et la poésie. Son père le fait revenir à la maison, l'enferme dans une cellule, où l'amoureux se met à écrire des poèmes pour toi. Croyant que sa poésie célèbre l'amour divin, son père le libère et le renvoie, sur un mulet, à la mosquée… Mais le mulet le ramène au *kharâbât* ! Son père demande alors à son frère pieux d'aller chercher son fils et de le reconduire sur le bon chemin. Le frère, lui aussi, reste dans la taverne et finit sa vie comme un ivrogne.

Sous l'ordre du roi, on ferme ce lieu de débauche, et toi, accompagnée d'Amir Ahmad, tu pars dans les autres villes où les tavernes restent ouvertes. Et cela jusqu'à la mort de ton beau-père. Vous retournez à Gandja. Lui remplace son père comme prédicateur, et toi, tu mènes une vie dévote, avec beaucoup d'enfants.

Comme dans un conte de fées.

Tu t'y reconnais ?

Ou tu en ris comme moi.

C'est beau et drôle.

Les deux autres romances comme celle-là, écrites à différentes époques, relatent plutôt la vie d'Amir Ahmad Pour Khatib de Gandja, ton époux, que la tienne. Il fait ombre sur toi. Mais tu te venges avec ce quatrain :

Je suis Mehstî, unique parmi les beautés
En Khorâsân et en Irak, devenue une célébrité
Ô Pour Khatib de Gandja, au cul comme portique
Du pain, de la viande et de la bite ! sinon « trois divorces » traités

En effet, ton rapport avec ton mari est particulier. Lui aussi est poète. À deux, vous formez un couple hors norme, libertaire et libertin. Sans compromis. Sans hypocrisie conjugale.

Dans la première romance consacrée à vous deux, il y a un passage exquis, juste après les vers ci-dessus, dans lequel tu te plains de ton époux auprès d'un juge. Une conversation à trois, et en quatrains, que je ne peux ne pas citer.

Tu demandes le divorce :

Ô le juge ! homme de joie et d'élégance
Tu dois annoncer maintenant la sentence
Mon mari me reproche d'avoir un petit cul
Approuve cela comme cause de divorce

Ton mari, convoqué par le juge pour cette plainte, récuse, et dit :

Ô l'homme ! es-tu devenu fou
de penser qu'il est petit ce trou
Ce cul est aussi grand que la voûte du ciel
Pour le voir petit, il faut être filou

Le kadi a honte de vous entendre parler ainsi. Il vous maudit, tous les deux, et vous chasse.

Toi, tu cries :

Ô hélas ! il n'y a plus de jugements équitables à cette époque
Et de la charia mahométane il ne reste que le nom
Le kadi a pris la voie de cul et le mufti celle de cunnus
Il ne reste que la queue entre les mains du peuple

Tu as tout dit.

Vérité – temps

Dater un événement historique de cette période et dans cette région est un calvaire pour moi. Je te demande d'être indulgente sur les dates dans ce texte, comme dans ceux qui m'ont servi de sources, puisqu'elles sont toutes approximatives, et de temps à autre incohérentes, voire contradictoires…

Pis encore lorsque je tente de convertir en calendrier de l'Hégire solaire celui de l'Hégire lunaire – le seul de ton époque avant l'intervention de notre ami Khayyâm. Rien à faire ! Nous vivons au-delà du temps, suspendus dans le *barzakh*.

Revenons à l'histoire d'Attar.

Selon certaines sources fiables, cette scène doit se passer durant le règne du sultan Sandjar (≈ 1085-1157), souverain depuis 1118 de la région du Grand Khorâsân qui comprend, selon la cartographie de mon époque, le nord-est de l'Iran, le nord-ouest de l'Afghanistan et des parties méridionales de l'Asie centrale.

Mais certains anciens biographes font de toi une poète de la cour de Mahmoud Ghaznavi (971-1030). Erreur ! me dirais-tu. En effet, tu vis bel et bien à l'époque et dans la cour des Seldjoukides, au début du XIIe siècle.

Attar n'a donc pas tort.

Tu dois bien connaître la politique et les mœurs de ces conquérants. Tu as dû lire et entendre mille et une choses à propos de ces tribus nomades, venant des steppes du nord de la mer d'Aral.

Avant leurs conquêtes de l'Asie centrale, ils avaient une foi aux tendances animistes et chamaniques. Et c'est durant leur conquête du Sud, vers la fin du Xe siècle, qu'ils se sont convertis à l'Islam, pour des questions politiques et stratégiques. Mais cette nouvelle religion est déjà divisée de l'intérieur entre la pensée émergente du chiisme et la pensée dominante sunnite. Les Seldjoukides optent, sans hésitation aucune, pour cette dernière.

Ils préfèrent le Coran à l'Histoire, la jurisprudence islamique fondée sur la charia – le *fiqh* – à la philosophie, la théologie à la métaphysique...

Pourtant, comme je le découvre dans le poème d'Attar, ainsi que dans les ouvrages historiques, les Seldjoukides cultivent une foi très contradictoire. Sans doute à cause de leur faible connaissance de l'Islam.

Ainsi, sous leur règne, se développe une nouvelle civilisation dans la schizophrénie politico-éthico-culturelle. Et surtout religieuse.

Et conflictuelle.

À peine l'Islam atteint-il son cinquième siècle que ces querelles internes entre les différentes branches de la religion éclatent. La tendance rationaliste, comme les Mut'azilites, contre les sectes de l'Islam sunnite ; les théologiens radicaux contre les philosophes ; le chiisme contre le sunnisme…

Il y a aussi des activistes, tels que Hassan Sabah, un ami de longue date de Khayyâm. C'est celui-ci qui l'a introduit dans la cour du sultan Malikshah, mais son ami Sabah s'est retourné quelque temps après contre le pouvoir. Il a même été soupçonné d'avoir participé à une conspiration contre le royaume, ce qui l'a astreint à vivre dans la clandestinité. Cet événement a mis Khayyâm dans une position fragile. Lorsque son protecteur, Malikshah, meurt, il se voit contraint de quitter Ispahan et de retourner dans sa ville natale, Nichapour, où il se retire des tumultes politiques et religieux.

Tout ça, tu le sais.

Et tu sais comment décrire ce que vivent les personnalités comme Khayyâm à cette époque :

Personne ne sait ce que vivent les amoureux du vin
De la coupe du « mal » comment ils boivent du venin
S'ils cachent leur secret, le chagrin les tue
S'ils dévoilent leur secret, le « monde » les tue

Khayyâm et toi, vous vivez, en effet, une période trouble, car contradictoire.

Pour certains historiens c'est l'âge d'or de la région. De grandes figures de la philosophie perse et arabe ont traduit leurs homologues grecs. Kindî, Avicenne, Farabi, Al-Razî, Ibn Arabi... et tant d'autres, des scientifiques, des littéraires, des historiens... étaient des traducteurs du latin en arabe et en persan. Et grâce à eux les œuvres de Platon et d'Aristote, alors méconnues en Occident, étaient traduites et introduites en Europe.

Pour d'autres, c'est le déclin des civilisations perse et byzantine. Comment penser la philosophie lorsque la théologie l'emporte sur la métaphysique, le mythe sur l'Histoire, les dogmes sur les faits, la vérité sur la réalité ? Personne n'ose remettre en question la religion. Les philosophes sont obligés de s'exprimer avec ambiguïté, à travers des métaphores et de la poésie. La littérature devient herméneutique, coupée de la réalité.

Les savants, les philosophes et même certains mystiques étaient bannis. Sans cela, l'Orient, avec ce retour à l'Antiquité, aurait fait sa Renaissance avant l'Occident. J'en suis persuadé.

Ainsi serais-tu la figure emblématique de cette Renaissance orientale.

Hélas ! puisqu'il m'est impossible de refaire l'Histoire, il ne me reste qu'à me demander pourquoi ce mouvement historique n'a pas eu lieu dans cette civilisation à laquelle Khayyâm et toi appartenez.

Est-ce dû à l'absence de perspective spatio-temporelle ? La question me taraude lorsque je m'aperçois qu'à ton époque il y a une pléiade de scientifiques, mais qu'aucun ne soulève cette problématique. Et parmi eux, Khayyâm, un génie en astrologie. Car c'est bien lui que le sultan

Malikshah a missionné pour réformer le calendrier, faisant correspondre le premier jour de l'année au solstice du printemps, inspiré du culte zoroastrien. Il divise l'année en douze mois de trente jours.

Mais ce que tu ne peux savoir, ni Khayyâm, c'est que, d'après les savants, ce calendrier conçu par notre ami est plus précis que celui adopté par Grégoire XIII, conçu cinq siècles plus tard dans le monde chrétien.

Soit.

Dans un tel contexte, cela ne te paraît-il pas étrange que, malgré ces progrès astrologiques et scientifiques dans la civilisation indo-arabo-perse, les repères temporels et historiques soient si confus ?

Rares sont les biographes et les historiens ayant le souci de dater précisément la naissance et la mort des grands hommes et femmes comme toi, ainsi que les grands événements de la région.

De même, je n'arrive jamais à savoir quel poème correspond à quelle période de ta vie. Aucun indice chronologique n'existe pour tes poèmes. C'est toujours par la déduction et la présomption que les chercheurs peinent à les dater.

Tant que je n'avais pas quitté ma culture et mon pays, je ne me posais aucune question sur cette manière de classer les poèmes, sans date, mais uniquement dans l'ordre alphabétique de leurs rimes.

Je me rappelle lorsque, durant mes études universitaires en France, je voulais parler de la poésie classique persanophone, je ne savais pas répondre à la question « À quel âge l'a-t-il écrit ? » que me posaient les amis.

Cette insouciance, comment l'interpréter ?

Cela n'est peut-être pas une insouciance, m'aurais-tu dit.

Alors, un refus ? Un acte conscient ?

Probablement.

J'ai noté que cette absence de datation relève de la conception du temps et de l'Histoire propre à notre civilisation. Elle est fondée sur l'eschatologie zoroastrienne et surtout coranique.

Bien que le Coran s'inspire abondamment de la Bible, il est construit, sur le plan narratif, d'une manière très particulière. Le récit de la création du monde et celui des descendants d'Adam et Ève sur Terre ne sont pas dans l'ordre, tels qu'ils sont relatés dans la Genèse. Les sourates ne sont pas agencées dans l'ordre chronologique de leur révélation à Mahomet, mais selon leur longueur décroissante.

Lorsque je demande pourquoi cette absence de repères temporels, la réponse est laconique : le Coran est atemporel. Atemporel dans sa révélation, mais aussi dans sa composition, dans son interprétation, dans son application. Il est au-dessus de l'Histoire humaine.

Une telle vision structure profondément la pensée. Le temps dans la théologie musulmane se définit dans cette triade : le temps de la Création (le passé), le temps de l'ordre cosmique (le présent) et le temps de la résurrection (le futur).

De tous ceux-là, notre cher Khayyâm doute. Lui s'occupe du temps cosmologique :

J'ignore entièrement celui qui me créa
Si c'est le paradis, l'enfer qu'il m'assigna
Une coupe, une belle, un luth sur la prairie
Me suffisent, pour la promesse, garde-la

L'homme n'est pas dans le temps ; il vit le temps, les instants.

Donc, peu importe la chronologie.

Nul besoin de dates.

Tout est atemporel.

Cette conception du temps et de l'Histoire existe aussi dans la civilisation indienne. Il est assez déconcertant pour un historien occidental de voir qu'en Inde toutes les philosophies sont envisagées comme contemporaines. Un constat subtil que Jorge Luis Borges partage avec nous[3]. Il est séduit par l'idée que, chez les Indiens, ce qui compte, ce sont les problèmes eux-mêmes et non les données biographiques, les circonstances historiques d'une pensée ou la succession chronologique des penseurs. Qu'untel ait été le maître de tel autre, qu'il soit venu avant ou qu'il ait écrit sous son influence, cela n'a aucune importance à leurs yeux. C'est l'énigme de l'Univers qui leur hante l'esprit.

Mais toi, tu ne vis ni dans l'intemporalité khayyâmienne ni dans l'atemporalité coranique des instants.

Pour toi, il n'y a que le présent – le présent des instants –, à partir duquel tu construis le passé, le présent même, le futur et le néant :

> ***Avant-hier*** *j'étais cachée au cœur du feu.*
> ***Hier,*** *la brise m'a soufflé des mots joyeux :*
> *«* ***Aujourd'hui,*** *celui qui baigne dans un flot d'honneur*
> ***Demain,*** *il dormira sous le sol ténébreux »*

À ce propos, j'aimerais encore m'attarder un peu – même si cela peut t'énerver, toi, méfiante à l'égard de toute conceptualisation. Je t'approuve. Pourtant, ce que tu développes dans ton quatrain s'accorde tellement avec la pensée linguistique, selon laquelle ces quatre unités temporelles n'ont de valeur que s'il y a un sujet actualisant. Il faut être dans le présent pour dire « avant-hier », « hier » et « demain ».

Tu n'es absolument pas loin d'un certain saint Augustin qui distinguait trois temps : le présent du passé, le présent du présent et le présent du futur.

Tu es donc dans le présent du passé, dans l'actualisation des temps abstraits. Tu en parles au moment où tu vis, en te plaçant encore une fois comme sujet de l'énonciation.

Terre – pater

Où es-tu née ? Dans la ville de Balkh, au nord de ma terre natale ?

À Gandja ?

À Khujand, dans le nord de l'actuel Tadjikistan ?

J'entends ta voix qui me chuchote :

Depuis que de la ***brume*** *l'univers fut né*
Le chagrin mit du ***feu*** *dans mon cœur fané*
Errante comme le ***vent*** *je parcours le monde*
Pour savoir de quelle ***terre*** *je suis façonnée*

Encore une fois, tu donnes l'occasion aux biographes de te faire naître où ils veulent. Surtout dans les quatre villes que tu connais, et où tu as vécu...

Avant-hier, à ***Marv****, la tulipe répandit du feu*
Hier, à ***Balkh****, le nénuphar s'enfuit dans l'eau*
Aujourd'hui, sur la terre de ***Nichapour****, poussa la rose*
Demain, à ***Hérat****, le souffle de jasmin se répandra tôt*

Quatre villes, quatre éléments, quatre fleurs, quatre temps ! Que veux-tu dire à travers cette association ? Lorsque je suis tombé sur ce quatrain, j'ai passé du temps à méditer sur leurs rapports.

Je t'ai maudite !

Je ne veux pas t'en parler ici, mais plus tard. Je te le promets, même si tu n'aimes pas les promesses !

Si tu me laisses choisir ta ville natale, ce sera Balkh. Non par chauvinisme, mais pour trouver une sœur à Rabea Balkhi, poète du royaume de Balkh (xe siècle). Tombée amoureuse de l'esclave de son frère, elle fut emprisonnée dans un hammam où, avant de se suicider, elle écrivit des poèmes d'amour sur les murs avec son propre sang.

Balkh, c'est aussi la ville où, selon certains biographes, tu es morte.

Mais est-ce qu'il est important de savoir où tu es née, où tu es enterrée ?

Sans doute, oui. Surtout l'endroit où se trouve ta tombe, devenu plus tard un lieu de pèlerinage pour tes fans !

Dès notre rencontre, j'ai essayé de te mettre dans le *barzakh*, dans ce lieu hors lieu, toujours ailleurs… Mais en même temps, comme toutes et tous les poètes, tu appartiens à ta langue maternelle, à ton histoire paternelle, à ta terre natale.

Donne-moi le droit de me contredire !

La ville natale est quand même une question identitaire et d'appartenance culturelle. Certains sont prêts à se sacrifier ou à tuer pour cela.

C'est donc politique, me dirais-tu.

Sans aucun doute.

En cherchant les repères temporels dans ta vie, je me suis aperçu que dans l'Histoire littéraire persane aucun écrivain n'est jamais présenté sans les noms de son père, de son grand-père, de son arrière-grand-père… et sans celui de sa patrie.

Comme exemple : Ghyiass-o-Dine Abo-lfateh Omar Ibn Ibrahim Khayyâm Nishapouri, que je devais retenir mot à mot quand j'étais à l'école, en Afghanistan, dans les cours de littérature.

Ce n'est rien d'autre que le nom complet de Khayyâm ! me dirais-tu. Certes, mais je ne comprenais pas ce que m'apportait la connaissance des noms de la dynastie du poète, alors que la date de sa naissance et celle de sa mort restaient et restent confuses.

Mais toi, tu es épargnée. Mehstî Gandjavi, tout simplement.

À vrai dire, tu t'es débarrassée du « nom de père ». Seule la terre t'importe. Naturellement. Dans l'histoire de cette civilisation, à laquelle tu appartiens, l'espace est plus important que le temps ; la terre est plus vitale que l'histoire. Sinon, le concept de *nâ-kojâ-âbâd* n'aurait pas été au cœur de la pensée orientale. Son inventeur,

Sohravardi, a même construit tout son courant philosophique en termes spatiaux : *Ashraqh* (Orients).

Parce que l'espace protège ; le temps détruit.

Si je m'acharne à te faire vivre, malgré toi, dans cet espace imaginal, pour ne pas dire virtuel, c'est aussi pour tenter de te déterritorialiser, mais dans ta création, dans ta poésie qui fait fi des frontières géopolitiques et historiques.

Grâce à cette transmigration vers le *nâ-kojâ-âbâd*, tu peux vivre au-delà du temps, même bien enracinée dans l'histoire de ta langue et de ta culture. Et le langage de tes pensées, de tes gestes, de tes sentiments est tellement humain, authentique, qu'il en devient universel.

Mais Attar situe l'événement, contrairement à sa conception mystique de l'espace-temps, dans un endroit géographique bien concret, à Radkan près de Mashhad, loin du palais, loin des villes. C'est une prairie naturelle, dit-on, connue sous le nom de *Béhesht-é Khorâsân* (le paradis de Khorâsân) pour sa verdure et sa beauté. Un lieu de chasse et de loisirs, ainsi qu'un lieu de conférences, de rassemblements, d'entraînements militaires et d'élevage de chevaux.

A-t-il une autre intention que donner un aspect réel à son récit ?

Certainement. Mais laquelle ?

Je ne sais pas.

Lune – soleil

Tu dois être mécontente de lire qu'Attar ne te trouve pas belle :

> *Bien qu'elle ne fût pas belle de visage, le roi lui était attaché*

Ou alors tu t'en moques.

Mais dans sa version originale, le poète semble jouer avec ton prénom.

> *Bien qu'elle n'ait pas un visage* comme la lune
> *le roi lui était attaché*

Lui, comme tous les poètes persanophones, emploie l'image de la lune comme figure rhétorique par excellence pour décrire la beauté d'un visage.

Avoue que la lune, en soi, n'a rien d'esthétique. Si ce n'est par un symbolisme idéaliste d'inspiration platonicienne. La lune est belle parce qu'elle est visible dans l'obscurité de la nuit et cela grâce à la lumière du soleil, lorsque celui-ci est absent. La lune devient visible quand le soleil est invisible. Comme Dieu, absent mais qui illumine l'univers. Toute beauté a donc sa source ailleurs, dans un monde invisible.

D'où l'interdiction de toute représentation de la beauté corporelle, au début des religions monothéistes qui célèbrent la beauté de l'âme, de l'invisible, du sacré.

D'où ces miniatures persanes dans lesquelles tous les visages ont les mêmes traits. Ils se ressemblent tous : ronds et blanchâtres comme la lune.

On peut reprocher à Attar de refuser de voir ta beauté. Sans doute tombe-t-il lui aussi dans le piège des théologiens pour qui une femme est belle si elle est moralement saine et religieusement sainte. Non ?

Tu es donc loin d'être une femme idéale qui doit répondre aux trois B : Bon, Bien et Beau.

Mais alors pourquoi l'échanson doit être beau comme la lune ?

Or Sandjar avait pour échanson
un esclave d'une parfaite beauté
À laquelle s'alliait le charme.
Le roi en admiration devant ces qualités
[...]
L'échanson était assis
Mahastî à ses côtés contemplait son visage ensorcelant.

Je dois retourner à sa version originale. Le poète dit plutôt :

Mahastî a le cœur attaché à ce visage lunaire
مهستی دل در آن مهروی بسته

Un jeu de mots ! me dirais-tu.

Sûrement.

Mais je crois savoir pourquoi Attar préfère l'échanson, et où il trouve la source de sa beauté. Je t'en parlerai un peu plus tard. En attendant, je veux comprendre la raison pour laquelle il ne tient pas compte de ce que tu déclares à propos de ton attrait physique :

unique parmi les beautés
célèbre au Khorâsân et en Irak

Ici, je constate encore une sacrée différence entre ta manière de définir la beauté et la vision mystique d'Attar. Lui la cherche à travers la métaphore. Mais pas toi.

La singularité, l'authenticité et la présence ! voilà les premiers critères que tu attribues à la beauté humaine. Sans référence céleste.

Tout est dans le corps.

J'appelle encore au secours les paroles sages de Sohravardi, le premier penseur oriental et musulman qui a su construire un vrai système philosophique à l'encontre de la théologie islamique. Lui ne définissait pas la beauté uniquement à partir des versets du Coran et des haddith mahométans. En s'inspirant de la pensée grecque, zoroastrienne, bouddhiste et abrahamique, il a développé une conception bien précise de l'esthétique, fondée sur l'histoire de Joseph, emblème de la beauté absolue dans la mythologie coranique.

S'écartant de la théorie platonicienne, lui ne conçoit pas la beauté à partir de l'idée de la beauté, mais avec la beauté même, appelée en termes arabes *hosna*, « le frère aîné », dit-il, de l'amour (*ishq*) et de la mélancolie (*hozne*). *Hozne* qui se définit, d'après lui, comme notre état face à « l'absence de ce qui a été ».

Mais chez toi la source de la beauté est dans le corps, dans la *hosna*, dans l'aimance et, surtout, dans la volonté de jouissance. Jamais dans la mélancolie. Ni dans la nostalgie.

Tu serais heureuse de lire que, cinq siècles plus tard, un autre auteur fantasme sur ta beauté :

> *Il y avait une parfaite harmonie entre sa nature, sa taille et son allure ; un parfait équilibre entre corps, parole et sens ; la meilleure parmi les conteurs, et supérieure à tous les chanteurs de son époque. Sultan Sandjar était séduit par sa beauté, et épris de sa grâce et de son élocution. C'est pourquoi elle était admise aux banquets du sultan, où elle discutait et disputait avec Amir Ahmad (devenu plus tard son époux) et d'autres. Un jour Sultan lui demanda :*
> *— Qu'y a-t-il en dessous de ta robe, ô toi, corps blanc ?*
> *Mehsitî répond :*
> *— C'est l'empreinte du sabot de moschidé de Chine sur la feuille de jasmin*[4].

Jeune, provocante, insolente… et généreuse.

Tu es belle comme le soleil, laissant la beauté lunaire à l'échanson.

Amour – aimance

Le Sultan

Tu le connais intimement. Mais tu en parles peu. Chez les historiens, que tu ne peux consulter, le Sultan a deux visages. L'un représente un homme juste, protecteur des poètes et des savants. Le second visage se révèle sombre : un homme idiot, méchant, sans culture.

Tout dépend des sources. Les Iraniens le détestent, les Turcs le vénèrent.

Mais Attar, le Perse, l'apprécie quand même. Il le dépeint comme un homme très subtil, passionné, intelligent, avec une certaine éthique.

À toi de le confirmer !

À ma première lecture, il m'est apparu comme un personnage libertin, digne du XVIIIe siècle européen. Il n'a, sexuellement parlant, aucun tabou. Marié à Ketan Banou, il aime aussi son échanson. Autrement dit, il est bisexuel, un caractère assumé à l'époque, dont tu parles dans tes quatrains.

Cela peut t'étonner si je te dis qu'aujourd'hui, au XXIe siècle, impliquer un homme de pouvoir dans ce genre d'histoire serait un scandale politique, une affaire d'État !

Mais là, c'est à moi d'être surpris de voir qu'à ton époque ces rapports semblent tout à fait courants, comme en témoignent quelques documents importants et crédibles, telle la *Chronique* de Bayhaqi.

Donc, Sandjar, un sultan aux mœurs débridées ! Certes. Mais jaloux.

Je croyais naïvement que le libertinage ne comportait ni violence ni jalousie.

Tu m'opposeras que la jalousie du Sultan relève, ici, plutôt du fait que tu défies un souverain, un conquérant, un mâle !

Le distique que tu chuchotes à l'oreille de l'échanson et que le Sultan retient révèle subtilement ta personnalité compétitive et sélective. Tu es si fière de filer la quenouille de Sandjar.

Cela me fait rire qu'Attar fournisse au Sultan une épée indienne, dont il ne se sert même pas. Est-ce un élément narratif ajouté pour créer du suspense ? Ou pour révéler l'autre visage de Sandjar, le méchant, le possessif, le guerrier ?

Et soudain, il devient un homme raisonnable qui renonce à sa vengeance en pensant à la culpabilité…

Mais sans épée, me dirais-tu, le sultan serait un amant sans signe de virilité !

Sacré dramaturge, cet Attar.

Le Gholâm

Je ne savais pas que jadis un *gholâm* (esclave) pouvait signifier aussi *sâghi.* Si tu avais compris le français, tu m'aurais forcément crié que le mot « échanson » est faible pour soutenir la charge sémantique et culturelle de ce vocable. Chez vous, les poètes persanophones, *sâghi* est une figure très importante, très connotée. Il faudrait traduire toute une civilisation pour le saisir.

C'est un personnage qui porte en lui les gènes grecs, perses, indiens et arabes. Éternellement jeune et surtout éphèbe, il paraît comme une muse androgyne qui vous sert du vin, et des mots. Il ou elle est à la fois votre amant, aimé, confident.

Cette figure poétique est récurrente chez toi :

À la fois ivre et esclave des ivrognes, je suis
Débarrassée d'ascèse et libérée de foi, je suis
Je me voue à cet instant que sâghi *me dise*
« Prends encore une coupe », et que moi je ne puis

Comme chez Khayyâm :

Vivre sans vin je ne peux pas
Supporter le poids du corps je ne peux pas
Je me voue à cet instant que sâghi *me dise*
« Prends encore une coupe », et moi, je ne peux pas

La même situation, le même désir, les mêmes mots. Hasard ou plagiat ?

De l'inspiration ! me dirais-tu.

Le personnage de *sâghi* t'est familier. Il existe depuis la nuit des temps, sous différents noms. Mais le mot *sâghi* renferme une connotation érotico-mystique, et faiblement, voire nullement, sexuelle.

Pourtant Attar me contredit :

Or Sandjar avait pour échanson
Un esclave d'une parfaite beauté
À laquelle s'alliait le charme
Le roi en admiration devant ces qualités
Était subjugué par lui
Et le traitait comme son unique bien-aimé
En se réveillant, il eut envie de lui
Mais ne le voyant pas il résolut d'aller à sa recherche

La manière dont parle Attar de l'échanson est plus proche de *shâhid*, une figure aussi présente dans la littérature persane, et aussi ambivalente que *sâghi*. Comme son double, mais pleinement sexuel.

Tu le connais très bien d'après la romance de Jawhari Zargar, car ton mari Pour Khatib de Gandja, après quelques années de mariage, est attiré par les *shâhids* que de temps à autre il partage avec toi. Et à ta demande bien sûr.

Innombrables sont les poèmes persans dans lesquels les auteurs parlent de *shâhid-bâzi* (échanson-jeu) pour dire *batcha-bâzi* (garçon-jeu), faire l'amour avec *shâhid*. Même chez les poètes mystiques comme Saadi, Hafiz…

Et bien avant eux, le poète de la cour seldjoukide nommé Sanaï (1088-1131), que tu connais apparemment, dit :

Les « shâhidan » d'aujourd'hui, petits et grands,
ont l'œil de Joseph et le cœur de loup

Sachant que, dans la pensée mystique de ton époque, rappelons-le, Joseph est le modèle parfait de la beauté. Encore un sacrilège !

Ce mot désigne également « le témoin », de même racine que *shahid*, « le martyr ».

J'aurais tant aimé savoir si à ton époque le culte de *shahid* était aussi important et répandu qu'aujourd'hui chez les djihadistes criant leur rêve de devenir *martyrs*. Je les aurais invités au comptoir d'un café parisien, ou bien à ta table dans la taverne de Marv, pour discuter avec eux de leur stade anal.

J'entends l'éclat de ton rire.

Plaisanterie à part, il est étrange que ces deux mots aient une même racine, et un même sens.

Donc, face à l'image sexuelle de *shâhid*, le personnage *sâghi* est souvent présenté comme une créature asexuée, et cela en partie grâce à la langue, à l'absence de genre grammatical.

(C'est pourquoi j'ai du mal à employer un article devant ce substantif, même si je cours le risque d'offenser la grammaire française.)

Un regard mystique voit en *sâghi* une figure angélique, appartenant au monde de *barzakh*, où tous les archétypes terrestres et célestes se conjuguent, se confondent, et se perdent les uns dans les autres.

Ce concept, on l'a rapproché de ce qui constitue le fondement de la philosophie taoïste, la dualité du yin et du yang. Il y a forcément un lien, car le mysticisme persanophone est sous l'influence de la pensée indo-chinoise. Mais celle-ci ne cherche jamais à « neutraliser » les genres, donc les corps. Rien n'est immatérialisé ni angélisé. Cette pensée célèbre leur différence non pas comme contradiction, mais comme une parfaite symbiose, une complémentarité spirituelle et corporelle. L'érotisme chinois, comme le tantrisme indien, est fondé sur la cosmologie, bien que l'énergie vitale dont ils parlent s'exprime à travers des pratiques charnelles.

Khayyâm doit savoir tout ça. Est-ce qu'il t'en a parlé ? Certainement.

Sachant que tu es née et as été élevée au carrefour de différentes civilisations, que tu es influencée par ce syncrétisme des mœurs et des usages. En tout cas, c'est ce que je découvre dans tes quatrains. Les jeux et les enjeux sexuels dans ta poésie m'en convainquent.

Toi aussi, tu as apprécié le *shâhid* éphèbe. Le pauvre, il perd son statut de favori dès qu'il a la barbe. Tu dis :

Dès que ton trait de couleur nocturne devint velu
ton visage se déroba au regard et au cœur

Je ne touche plus des mains à ta nectarine
Ta pomme est tombée dans le panier de poils

Je te laisse expliquer ce que tu voudrais dire avec ce quatrain. Pourquoi préfères-tu, toi, une femme, les éphèbes ? Es-tu une tribade ? Ou es-tu en réalité un homme ?

Ni l'une ni l'autre, dirais-tu. Tu peux être bellement une femme fantasmant sur le désir masculin. De la même manière qu'un homme comme moi se permet de délirer sur le désir féminin.

Et je laisse aussi certains esprits fantasmer à travers tes mots sur l'image d'un cunnilingus.

Je suis conscient que mes amis érudits, ainsi que les fanatiques de la littérature mystique, me maudiront pour avoir choisi de relater ici des « histoires de cul » parmi tout ce que l'on peut dire de ta poésie. Ils n'auront pas tort. Cependant, tu es une femme très engagée, et c'est par provocation que tu mènes ton combat contre l'hypocrisie phallocratique. Tu prends un énorme risque de te présenter toujours comme sujet du désir et non comme objet. De la même manière que tu inverses les rôles et renverses les normes et les mœurs conjugales, tu abats les barrières de la langue :

Ce garçon turc que je n'ai pas vu assez
Qu'il soit au-dessus et moi en dessous,
Pour nous réconcilier, ô Pour Khâtib,
Tu t'occupes de son cul, et moi de sa queue

Scandaleuse Mehstî de *shâhid-bâz* !

Tu sais que ta manière d'être si audacieuse pousse certains hommes à douter de ta féminité.

Elle n'est pas une femme, Mehstî.

Voilà ce qui résonnait une nuit dans ma caverne d'écritoire.

Je lisais tes poèmes. Un ami afghan, artiste et psychiatre, m'appela pour parler de tout et de rien avec son humour assassin. Puis il m'emporta ailleurs, comme à son habitude, en me lisant un de ses poèmes, me faisant écouter sa dernière composition, et, avant de raccrocher, il me raconta une histoire drôle et salace sur laquelle j'enchéris avec tes vers :

Un soir, je dis à Pour Khatib, en plaisantant
Envoie sec ou mouillé si tu vois l'orifice béant
Mais si, diminué par la vieillesse, tu es devenu impuissant
Emprunte sa bite à l'âne et envoie-la à madame
Sans quoi, qu'un inconnu te prenne contre de l'argent, et pour moi de l'or brillant !

Après avoir ri, il me demanda si je croyais vraiment à l'existence d'une telle poète.

Alors que je lui citais le poème d'Attar et d'autres textes de chroniqueurs parlant de toi, il me coupa :

« Admettons qu'elle ait existé, qu'elle fût à la cour, etc. Tu sais que dans ces contrées-là, à cette époque, les filles ne pouvaient aller à l'école, s'instruire, s'exposer… Sauf dans les couches supérieures de la société. Celles-ci recevaient des leçons privées. De la part de grands savants et poètes qui, pour légitimer leur talent de maîtres, justifier leur salaire et rester proches du pouvoir, écrivaient eux-mêmes les poèmes qu'ils faisaient signer par leurs élèves.

— Mais quel maître aurait osé signer au nom d'une élève de la cour royale ce genre de poème ?! »

Pas convaincu, l'ami. Il revint à la charge, me disant que tu ne pouvais pas exister, que tous les poèmes enregistrés sous ton nom n'étaient en fait écrits que par des hommes – ceux qui n'osaient les signer –, qu'ils avaient inventé un personnage fictif, en l'occurrence une femme, pour surprendre encore plus les lecteurs.

Je ne crois pas que cet ami ait lu le livre de Rafael Huseynov – ton compatriote mais pas ton contemporain –, écrit sur ta vie. L'auteur y cite un certain Alphonse Rousseau qui, dans son ouvrage *Parnasse oriental* publié à Alger en 1841, considère qu'il est impossible qu'une jeune femme du XIIe siècle déclame ouvertement son amour à plusieurs personnes. Il en tire cette conclusion déconcertante :

« Dans ce cas, s'il n'y a pas de catégorie de genre en persan, Mehstî n'est alors pas une femme, mais un homme… »

Une conclusion qui peut t'amuser. Déconcertante, certes, mais elle ouvre quand même une voie vers une discussion qui, anthropologiquement, est intéressante sur la langue persane.

Faute de genre dans notre langue, nous perdons aussi nos repères entre homme et femme dans l'écriture. Aucun pronom ni adjectif ne nous aide à comprendre si le sujet ou l'objet est féminin ou masculin.

Comme si l'on espérait effacer, dans le langage écrit et parlé, cette différence qui existe dans la vie sociale, en recherchant l'égalité entre deux corps, entre deux êtres humains. Et non pas entre deux genres.

Mais cela au prix d'oblitérer la réalité du corps.

Je me demande si l'absence de genre dans la langue ne serait pas encore une volonté masculine.

En tout cas, cette particularité de ta langue n'est aucunement une preuve pour renier ta féminité, comme le conclut Alphonse Rousseau.

Les rois et les artisans

Tu n'es pas Schéhérazade.

Tu ne vis pas mille et une nuits seulement pour raconter des contes interminables au sultan.

Non, tu ne veux pas gagner du temps. Tu tiens à ne pas le perdre. Donc, pas de temps à méditer sur ce qu'il était et ce qu'il n'était pas !

Ni pour échafauder des intrigues emberlificotées, des suspenses lassants, et imposer à tes personnages un destin, une morale, une promesse, des remords ou des regrets.

Ni pour enrober ton désir, ton besoin, tes pensées, tes gestes sous le voile de la métaphore.

Rien de tout ça, puisque tu ne vis pas dans l'infini, dans l'indéfinissable, qui ne peut s'exprimer que par des symboles à déchiffrer, à interpréter, à gloser, tels qu'ils existent chez les mystiques célébrant les infinis – comme Dieu, l'amour absolu, la nature sacrée, l'esprit…

Si ta poésie est si directe, crue et limpide, c'est parce que tu parles du *fini*, du sujet « finissable », mortel, instantané, éphémère. Autrement dit, de la vie.

Cette résistance au culte schizoïde des métaphores te chassera aussi du *barzakh*.

Et je te perdrais.

Reste encore une poète éthérée !

Je crie encore plus fort :

Non, tu n'es pas Schéhérazade !

Même si tous les rois à n'importe quelle époque ont besoin de vous, poètes et conteurs, pour légitimer leur pouvoir et leur intérêt politique.

En t'imaginant dans la même situation que Schéhérazade, je me demande comment tu aurais réagi à la demande du roi Shahryar. Forcément par l'insolence. T'inspirant d'un poème de Khayyâm, tu lui aurais chuchoté à l'oreille ces vers comme réponse :

Si ton royaume s'étend entre la Chine, l'Égypte et l'Empire romain
Les horizons seront aux ordres d'un signe de ta main
Mais réjouis-toi car le sort qui nous attend
C'est dix mètres de linceul et trois mètres de terrain

Tu ne fais jamais de louange au sultan, ni à aucun roi d'ailleurs, contrairement aux grands poètes de ton temps. Sauf Khayyâm :

Lors du banquet, les rois prennent une coupe de l'amphore
et le serf qui danse et joue la harpe en accord

Je garde bien ma main, à moi, l'esclave de la joie,
Qu'ils ne peuvent attacher d'une corde de cuir, mais avec
de l'or

Tout au long de ta vie dans la cour royale, le seul moment où tu as su composer un quatrain comme louange au sultan, c'est lorsque, en sortant du palais pour partir à la chasse, il s'attriste de voir la neige tomber. Pour le réconforter, tu improvises :

Ô Roi, le ciel t'a sellé le cheval de bonheur
Parmi tous les rois, il t'a félicité en honneur
Pour que ton isabelle à la semelle d'or
Ne touche la boue, il couvrit la terre d'argent-blancheur

On dit que le roi t'a rempli la bouche de pièces d'or !
À la suite de quoi, tu écris un autre quatrain :

Il faut trois mille ans pour que du geyser de Khor
Jaillisse soit la source de perles soit la mine d'or
Ô roi, toi, avec un seul mot, de ma bouche et de mes bras
Tu as fait jaillir une source de perles et une mine d'or

Et rien de plus.

Un biographe tente de combler cette lacune dans ta carrière en te faisant signer le quatrain d'une certaine Motribah, qui écrit une élégie funèbre à la mort du sultan Toghân Shah vers 1170.

À ta mort, ô Roi, ma vie sombra
Sans ton visage, je suture mes yeux
Où est ton épée
Pour lui apprendre ce que c'est que faire saigner

Non seulement la mort d'un roi ne t'inspire pas, mais je te sens incapable de te lamenter de la sorte.

En revanche, tu n'hésites aucunement à célébrer les hommes les plus ordinaires, les artisans de la rue, les jeunes de service, en les considérant comme tes amants.

J'aimerais bien partir pour les rencontrer, si tu me le permets.

J'y vais prudemment. Et avec patience. Car tu ne livres pas tes bien-aimés avec facilité. Même si tu ne les dissimules pas derrière des métaphores, tes jeux de mots nous entraînent dans le labyrinthe d'une rhétorique où nous perdons tous nos repères lexicaux.

Je t'en ai voulu jusqu'à ce que je trouve une clef pour m'y introduire.

Voilà comment je procède : il me faut d'abord discerner le mot-vedette de ton quatrain, ensuite rechercher tous les sens possibles que tu produis avec. Sémantiquement, morphologiquement et phonétiquement.

Comme le mot *darzi* dans le quatrain suivant, consacré au tailleur. D'abord les mots-vedettes :

Darzi : tailleur, mais aussi beau garçon

Darzi-râ : à tailleur. Il s'écrit graphiquement comme *dar zir â* (mets-toi en dessous)

Zir â ! : sois vaincu ! monte un animal ! sois monté !
Djân : opaque, couverture, souffle, vie, âme, corps

Donc :

Hier, je dis à ce beau garçon tailleur (darzi-râ)
Au nom de Dieu, chante bien fort, mets-toi au-dessous (dar zir â)
Tu n'achèteras jamais, me dit-il, mon habit d'union
Au prix de djân, lui dis-je, j'achèterai le tailleur (darzi-râ)

En présence des artisans, tu aimes souvent chanter tes quatrains qu'eux-mêmes réclament. Tel ce boucher corpulent dans la taverne, ivre mort, que tu taquines :

Le boucher arracha la graisse à la peau
La prit dans les mains disant : « que c'est bon et beau ! »
Regarde-le, me dis-je, comme il est avide
Avec ce corps gras qu'il a, la graisse il aime trop

Le boucher se lève, monte sur la table, pour bien exhiber ses matières grasses.

Tu te diriges vers lui et fredonnes un autre quatrain :

Tu es mon boucher, et je bouillonne dans ton tourment
J'attends que ton couteau n'atteigne mes ossements
Comme tuer et vendre c'est ta condition,
Au nom de Dieu, si tu me tues, jamais ne me vends !

Le boucher crie : « Jamais ! Si tu me chantes encore ! » Toi aussi tu montes sur la table et chantonnes :

Comme à l'accoutumée, le boucher pour m'égorger
Me jeta à terre disant qu'il en était usager
Puis, en s'excusant, mit la tête à mes pieds
Pour me boursoufler et pour m'écorcher

Puis tu descends pour te diriger vers un autre homme, tout maigre, la tête appuyée contre le mur, comme pour la retenir de tomber. Lui est un blanchisseur :

Toujours en rage contre le nuage, que je le vois
En élan à la recherche du soleil, que je le vois
S'il n'est pas la prunelle de mes yeux
Dès que je le désire, c'est dans l'eau que je le vois

Un autre te demande un quatrain sur le hammamji :

Dis au hammamji : « Dors tranquillement ce soir, s'il le faut
Loin de la chaleur de l'humide fourneau
Jusqu'à ce qu'en hâte à l'aube je vienne
Pour raviver de mon cœur ton feu et de mes yeux ton sceau »

Sur le boulanger :

La petite part que me tend le boulanger bien-aimé
n'est point réduite par haine, mais par frivolité
Dans les griffes de son tourment, comme la pâte modelée

À présent je crains d'être dans le feu jetée

Sur le coiffeur :

Pour ton amour, il faut courir partout
Comme les larmes coulent sur toutes les joues
Au service de ta mèche comme le peigne
Il faut se perdre dans les boucles

Sur le tireur à l'arc :

Chaque flèche que lance ce Turc à l'ombre légère (malhabile)
Ne vise que les amoureux sans consistance
Mais il y a un autre Turc, lui très habile qui même la nuit
Peut viser un tuteur dans les couilles

C'est bon, tu peux te reposer et te désaltérer. Une coupe de vin ?

En attendant que tu finisses ta jatte, je me hasarde à fouiller dans les encyclopédies pour trouver ce que l'on dit de ton art, à propos de ce genre de poésie.

Il porte un nom dans la littérature persane : *shahr-â shob*, que l'on peut traduire littéralement par « trouble-ville », et littérairement par « agitation de la ville ».

Bien avant toi, des poètes avaient déjà célébré les métiers et les artisans de la ville, mais d'un point de vue plutôt sociologique et ethnographique avant l'heure.

Toi, tu y introduis de la sensualité, et leur confères leurs lettres de noblesse.

Définis comme style rhétorique de la poésie de la rue, ces *shahr-â shob*, selon certains historiens littéraires, appartiennent à un genre mineur.

Qu'ils lisent *L'Art de poésie* ! Jorge Luis Borges, toujours lui, crie haut et fort : « La poésie nous attend au coin de la rue. »

Oui, c'est là que tu reconduis la poésie, à sa source, dans la rue. Et donc la langue aussi. Aucune langue n'est née à la cour des rois, ni dans les cercles académiques et philosophiques, me dirais-tu.

De même, l'art du quatrain est enraciné dans une poésie populaire que l'on appelle *do bayti* (deux distiques). Celle-ci est souvent composée, récitée, chantée dans les bas-fonds de la société, et la plupart du temps par des analphabètes anonymes.

Or, introduire les *rubaïs*, aux thématiques si populaires et osées, dans le milieu des élites est encore une transgression qui trouble l'ordre académique de la cour et de la société.

Raison de plus pour que l'histoire officielle, phallocrate, de la poésie t'ignore quelques siècles.

Mais tu résistes et t'offres une place fondatrice dans la tradition poétique du *shahr-â shob*. Et éminemment politique. Te voyant si proche des artisans et du peuple, certains historiens pensent que tu adhères discrètement au mouvement des *Akhis* (Mon frère), que je connais sous le nom de *Fatayân*. C'est curieux de te voir parmi eux. Si je m'en souviens bien, c'est un mouvement clandestin avec des codes très stricts et chevaleresques. Bien répandus dans le milieu chiite, surtout dans la couche sociale défavorisée, les redoutables Fatayân suivent à la lettre les leçons éthiques des premiers musulmans, fondées sur la fratrie, l'entraide, la protection des pauvres, la confidentialité, l'honneur, mais avec des interdictions qui ne peuvent te plaire. Ils bannissent de leur cercle les buveurs de vin, les débauchés, les adultères, les coiffeurs, les bouchers… Bref, tous ceux pour qui tu chantes ! Tu ne peux t'empêcher quand même d'écrire un poème en hommage à un jeune *ayyâr* – autre expression pour désigner un Fatayân :

> *Ô l'idole, le jeune* ayyâr, *dans mon* dèl *(cœur, ventre)*
> *Ton chagrin a pondu beaucoup d'œufs*
> *Ce tourment et cette agitation du* dèl *sont nés de ta mèche*
> *Un serpent ne peut engendrer qu'un serpenteau*

Sans commentaire.

Et Khayyâm

Vous vous êtes probablement rencontrés à la cour de Sultan Sandjar.

Aucun biographe n'en parle, sauf l'orientaliste Jan Rypka, qui l'évoque sommairement. En revanche, Jean-Yves Lacroix parle d'une certaine Schahine, en qui tu peux te reconnaître un peu.

Elle entra comme allait fermer la nuit, un samedi de décembre. Dans la taverne, ils n'étaient plus que quatre, tous feux éteints sauf un. Elle n'entendit que lui. Il lisait à voix haute un livre de vers. Il était question d'ivresse et de belles étrangères, du temps qui passe comme une eau lourde et millénaire, de l'éternité d'après et de l'éternité d'avant. [...] Elle se présenta. Elle s'appelait Schahine, elle avait trente-sept ans. Elle professait la philosophie à des ouvriers agricoles. Elle écrivait depuis quelques mois des poèmes et en donnait parfois lecture devant le public du cercle des poètes officiels. Elle partagea le vin, se déclara très désireuse de soumettre ses textes à un avis si manifestement éclairé[5].

Amin Maalouf, lui, décrit, de sa plume romanesque, l'entrevue de Khayyâm avec une poète qu'il nomme Djahân, à Samarcande. Celle-ci aussi te ressemble étrangement.

Nous sommes au banquet du sultan où « tout un tumulte se fait parmi les quelque vingt poètes qui attendaient leur tour, certains font même deux pas en arrière, avant de s'éclipser discrètement. Seule une femme sort du rang et s'approche d'un pas ferme.

« Interrogé du regard par Omar, le cadi chuchote :
– Une poétesse de Boukhara, elle se fait appeler Djahân. Djahân, comme le vaste monde ». La suite de la scène est racontée à Khayyâm par Djahân lorsqu'ils se trouvent tous les deux au lit : « Au palais, nos regards se sont croisés, une lueur les a traversés, mais le khan était là, et le cadi, et l'ensemble de la cour, et ton regard a fui. [...]

Quand tu as quitté la cour, j'ai posé quelques questions à ton propos, j'ai appris où tu habitais. »

Face à cette voix qui transperce la tranquillité nocturne, Khayyâm reste médusé, passif. Elle poursuit : « Tu gardes le silence, tu refuses de croire qu'une femme ait osé violer ainsi ta chambre[6]. »

Ces femmes, tu les connais ? Sont-elles tes rivales ? Ou tes doubles ?

À moins que Khayyâm ne soit attiré que par des femmes de même étoffe.

À propos, connais-tu sa vie intime ?

Sais-tu quelque chose de sa vie amoureuse ?

Lui, timide ou pudique, évite toujours d'en parler. D'ailleurs il n'est jamais bavard. Tu me le confirmes.

À propos, Shams – le maître et amant de Mawlânâ Djalal-Ud-Din Balkhi – parle un siècle plus tard de notre ami en ces termes :

> *Khayyâm dit dans ses poèmes, personne n'atteint l'amour. Et celui qui y parvient, y sera dans l'errance. Sheikh Ibrahim critique Khayyâm en se demandant : « Si on arrive à atteindre l'amour, pourquoi être errant ? C'est plutôt ne pas y arriver qui rend errant. »*
>
> *Je lui ai répondu que oui, en effet, chacun parle de son propre état. Lui, Khayyâm, une fois il accuse le ciel, une fois le destin, une fois la chance, et une fois même Dieu, dont il doute et qu'il renie même.*

Et quand il veut justifier ses dires, il devient très confus et sombre.

Je trouve que lui, Shams, est plus confus que Khayyâm !

Dans le harem du sultan, tu as dû entendre des choses sur lui. Peut-être même cette rumeur qui raconte que Khayyâm est l'amant de la reine Ketan Banou. Je sais que ce genre d'histoire t'amuse. Rien que pour la raconter en quatrain. J'ai l'impression que pour toi la vie tout entière n'est que matière à écrire. Elle prend sens et forme dans tes mots. Chaque instant de vie est un quatrain. Chaque aléa. Chaque rencontre. Chaque coupe. Chaque souffle…

Je t'imagine rencontrant le savant lors d'un banquet bien arrosé, où il te donne un rendez-vous que tu oublies le lendemain.

Vous vous seriez quittés en récitant d'une même voix ce quatrain :

À la fois ivre et esclave des ivrognes, je suis
Débarrassée d'ascèse et libérée de foi, je suis
Je me voue à cet instant que sâghi *me dise*
« Prends encore une coupe ! », et moi je ne puis

Avant de le rencontrer, tu savais peut-être qu'il était originaire de la ville de Nichapour, et le savant le plus connu dans la région. Personne ne sait encore que lui aussi écrit des quatrains.

Pourtant, certains de ses biographes disent qu'il récite souvent ses poèmes lors des banquets.

L'as-tu entendu les déclamer devant le Sultan ?

J'en doute fort.

Mais dans des tavernes, certainement.

Alors éloigné depuis un certain temps de la cour et de toute la mondanité royale, notre cher ami doit admirer ton insolence.

Lui a des comptes à régler avec les théologiens :

Ma main à moi, qui prend la coupe de vin et le seau
C'est dommage qu'elle en prenne peu
Tu es un ascète sec et moi un débauché aqueux
Je n'ai jamais entendu que le feu prenne dans l'eau

Oui, tu comprends aussi ce silence que Khayyâm a choisi depuis un certain temps.

Tu es consciente des contraintes auxquelles est soumis ce savant. Je n'ai pas oublié ce que tu disais à propos des poètes comme lui :

Personne ne sait ce que vivent, la nuit, les amoureux
De la coupe du « mal » comment ils boivent du vin venimeux
S'ils cachent leur secret, c'est le chagrin qui les tue
S'ils le révèlent, c'est le monde qui veut leur peau

La science ne répond plus à ses questionnements existentiels. D'où sa vocation pour la philosophie.

Puis, déçu par la philosophie, le revoilà, redressé après tant d'années de méditation. Mais pour mieux se taire et se terrer dans le *nâ-kojâ-âbâd* de la poésie.

Il se sent désabusé et désormais fatigué de paraître tel qu'il n'est pas.

Ivre du vin des mages, je le suis
Kafir ou gabr ou idolâtre, je le suis
Chaque clan me voit à sa manière
Je n'appartiens qu'à moi-même, tel que je suis

Aussi sais-tu pourquoi il n'a jamais voulu faire connaître ses poèmes de son vivant, ni ses traités d'œnologie.

Mais tu n'as pu suivre ce que l'on dit après sa mort. Les savants, les poètes et les biographes les plus renommés n'osent parler de sa philosophie, de sa désespérance métaphysique, si ce n'est pour le critiquer. Comme Attar, encore lui, un siècle plus tard :

Il y avait un voyant célèbre, qui pouvait voir de façon concrète les esprits.
S'il s'arrêtait un instant devant une tombe, il voyait tout ce qui s'y passait.
Un noble le mit à l'épreuve : il l'emmena au tombeau d'Omar Khayyâm
Et lui demanda : « Que vois-tu dans ce tombeau ? Informe-m'en, ô pur voyant. »
L'homme éminent répondit : « Ici gît un homme imparfait,
Qui, tournant sa face vers le Seuil divin, fit prétention de connaissance.

Maintenant qu'il voit clairement son ignorance, la honte fait transpirer son âme.
Il est saisi de confusion et de honte ; malgré toutes ses études il reste défectueux[7]. »

Certains, pour faire de lui un personnage pieux, musulman, mystique, ne parlent que de son pèlerinage à La Mecque. Toute sa poésie est interprétée comme un texte herméneutique ; chacun de ses mots est considéré comme une métaphore.

On lui a même accordé le grade islamique d'*Alhodjat al-Hak*, pèlerin de la Vérité.

Je l'imagine couvert d'une seule étoffe blanche entrant dans la mosquée Al-Harâm, en Arabie Saoudite, pieds nus. Impossible de me le représenter tête rasée ou de le voir égorger un mouton, tel que le rituel l'exige. Il n'est pas à La Mecque par conviction, mais seulement sous l'ordre de ses protecteurs pour calmer les oulémas qui le condamnent pour blasphème. Lui s'exécute, mais rien que pour vivre une telle expérience, je suppose.

Maintenant je comprends pourquoi il évite de lire ses quatrains publiquement. Je peux te confirmer que, s'il revenait aujourd'hui, il ne serait pas non plus heureux. Il serait certainement déjà menacé par une fatwa !

Néanmoins, il serait enchanté de lire *Les Chants d'Omar Khayyâm* de Sadegh Hedayat, écrivain iranien, qui s'est suicidé en 1951 à Paris. Il n'avait que dix-neuf ans lorsqu'il publia un recueil des quatrains de Khayyâm, considérés comme les plus authentiques, même s'il y a eu des contre-enquêtes très violentes.

Khayyâm est si fier d'exister dix siècles plus tard.

Ou encore plus déprimé par cette vaine éternité, sa tragédie.

L'éternité ?

Ou le doute sur l'immortalité de l'âme ?

Il doute, en étant bien conscient que c'est le pire démon. Surtout dans les religions monothéistes, et particulièrement en Islam, la religion qu'il connaît le mieux.

Tu doutes, toi aussi. Tu ne peux pas le cacher. Et avec la même vision que Khayyâm, avec les mêmes mots et le même quatrain :

Cette ronde, où on vient et d'où on va
N'a ni commencement ni fin au-delà
Personne ne souffle la vérité pour dire
D'où on vient dans ce monde et où on va

Attribué à tous les deux, ce quatrain résume toute votre pensée. Et personne d'autre que vous n'ose ni ne sait exprimer son scepticisme métaphysique de la sorte.

Comment peut-on philosopher sans douter !

C'est cette devise qui vous rapproche, qui vous permet de partager vos solitudes. Et de caresser votre prise de conscience de l'absurdité que chacun de vous vit d'une manière différente.

L'un demeure dans une crise existentielle, l'autre dans l'abondance charnelle.

L'un vit dans l'attente, l'autre dans l'urgence.

Chacun pense à son rythme.

Khayyâm médite sur la faiblesse humaine face au néant.

Toi tu t'empares de la puissance vitale. Tu ne consumes pas ton énergie dans l'espérance, mais dans la présence. Ce que l'on peut appeler la volonté de jouissance.

Sans tomber dans le sexisme, ces deux tendances relèvent de votre genre, influencé, structuré par vos conditions de vie.

En tant que femme, tu es condamnée à te battre à travers ton corps que l'égosystème phallocrate a blâmé depuis des siècles. Tu connais encore une fois le prix à payer pour devenir une poète, chanteuse, libertaire…

Votre rencontre et votre connivence deviennent évidentes lorsque nous mettons vos quatrains en dialogue. Tel que nous l'avons déjà souligné, vous parlez des mêmes thématiques et avec les mêmes figures rhétoriques, de telle sorte que certains historiens de la littérature confondent souvent vos signatures. Comme pour le quatrain suivant :

Dans notre poitrine, le temps est comme temple du feu
Et ce monde est le vestige de nos vieux
Nous voici à l'instar de la cruche d'eau
Faite de la poussière de nos frères au tombeau

Khayyâm parle de la même conscience de l'absurdité existentielle à travers l'image de la cruche, faite d'argile, comme nous, les humains :

Cette cruche fut comme moi, un aimant pleureux
Épris d'une belle, enchaîné par sa mèche de cheveux
Et cette anse que tu vois à son col
Était jadis un bras enlacé au cou d'un être amoureux

Cependant, cette perception de l'absurdité vous engage sur deux voies bien distinctes.

Tête renversée en arrière, Khayyâm, en tant que poète astrologue, contemple le ciel qui bouge, mais qui ne lui répond jamais.

Toi, tu observes la terre. Tu es en relation avec ses quatre éléments : le feu, le vent, l'eau et la terre. Auxquels tu associes quatre temps : le passé, le présent, le futur et le néant, autrement dit l'éternité.

Avant-hier**, j'étais cachée au cœur du **feu
***Hier**, la **brise** m'a soufflé des mots joyeux*
*« **Aujourd'hui**, celui qui baigne dans un **flot** d'honneur*
***Demain**, il dormira sous le **sol** ténébreux »*

Ces éléments naturels, associés aux unités temporelles, n'ont rien à voir avec ceux que la théologie islamique prône. Ni avec ceux des philosophes et des mystiques de ton époque.

Khayyâm, lui, est toujours accroché à son intemporalité. Mais cela ne signifie pas que l'on est libéré du temps.

Et même au contraire. On est prisonnier du temps, d'un temps cyclique, qui n'a de cesse de se répéter. Cette éternité se traduit par la réincarnation corporelle et matérielle de l'homme en « herbe », en « cruche », en « vin » …

Au fait, je me demande si Khayyâm croit aux « âmes-corps » suspendues dans le *barzakh.*

J'ai l'impression que, pour le savant, s'il y a une transmigration, ce n'est guère celle de l'âme dans un autre corps, mais celle du corps dans un autre corps. Oui, l'homme n'est pas immortel, mais éternel. D'où l'absurdité fatidique qu'il ressent à l'égard de ce cercle existentiel.

La théologie aussi prêche l'absurdité de ce monde, me dirais-tu, certes, mais en louant la Vérité céleste ; alors que Khayyâm, lui, prêche l'absurdité céleste, en célébrant la triste réalité de la vie.

Sa fatalité est dans la réincarnation organique et nullement dans la transmigration de l'âme.

Et sa tragédie aussi.

Mais pas pour toi, j'ai l'impression. Rien de tout ça.

Toi, tu vis.

Tout simplement.

Tu n'es pas dans le prêche. Ni dans la vérité tragique de cette absurdité.

En moi, tes poèmes ainsi que les anecdotes à ton propos résonnent au rythme de cette phrase taoïste : « Agir sans savoir pourquoi, c'est ce que j'appelle être dans la réalité[8]. »

Khayyâm et toi, vous êtes plutôt mes contemporains, tant vos mots, votre vision, votre manière d'être sont intemporels.

Tu dois te reconnaître dans ses mots :

Ceux qui ont rejoint le cercle de l'élite et de la morale
Et qui, parmi les maîtres, sont devenus la bougie
Ils n'ont pas su voyager jusqu'au bout de la nuit
Ils ont raconté une histoire puis se sont endormis

En vous lisant, je vous imagine tous les deux ivres, devant vos coupes de vin, vides. Attendant un *sâghi*. Mais c'est toi qui les remplis, en entendant ton amant te dire :

Ô sâghi, l'ombre de ma tristesse est immense
La pointe de mon ivresse dépasse son éminence
Malgré mes cheveux blancs, je me réjouis de ton vin
car, même vieux, mon cœur retrouve sa jouvence

C'est moi qui deviens jaloux en te voyant toi, Mehstî, devenir à ton tour *sâghi*, servir un homme de mon âge !

Mais tu préfères être *sâghi* de Khayyâm, bien sûr. La garce !

Pose la cruche de vin, et cherche mon regard perdu dans les ombres que dessine la nuit sur ton visage ! Regarde-moi, je suis éperdu, comme tous les hommes qui te lisent. Je ne sais pas d'où tu sors, comme double féminin de Khayyâm, mais plus scandaleux, plus terre à terre que lui.

Incapable de te saisir.

Tu es femme-événement, femme-sujet, femme-élément.

Je dis, regarde ! ma vie est gâchée
Il dit, de l'envie, le monde est plein de jaloux
Je lui demandai un baiser pour le prix du djân, il dit va-t'en !
Tu crois que le marché de mes lèvres est si bas

Vin – rire – sexe

Comme tu es heureuse de voir la taverne vibrer de l'hilarité et de l'ivresse provoquées par tes *shahr-âshob* !

La taverne reprend tes vers et chantonne. On t'invite tous à un verre que tu ne refuses pas.

Je t'abandonne dans ton bonheur ; moi, je pars pour méditer sur trois « choses », les piliers de ta volonté de jouissance : le vin, le rire et le sexe.

Quand j'étais jeune – je veux dire plus jeune qu'aujourd'hui, autrement dit plus naïf et moins désabusé –, je me demandais pourquoi ces trois « choses » étaient attribuées à l'esprit diabolique.

Pourtant la première nous aide à ne pas mourir de la réalité du monde ; la deuxième révèle nos instants existentiels qui sont emplis de joies et bonheurs ; et la troisième n'est pas seulement la garante de la pérennité de notre espèce sur cette terre, mais aussi l'origine de notre présence en ce monde, et la source de notre plaisir suprême.

Quel mystère !

Le vin,

que tu célèbres sans cesse :

Dans l'esprit l'orgueil se ternit, grâce au vin
Et tout nœud serré se défait, grâce au vin
S'il en buvait une seule gorgée, le Diable se prosternerait
Deux mille fois devant l'Homme, grâce au vin

Je crois que même Khayyâm n'oserait mettre « la grâce du vin » au-dessus de « la grâce d'Allah ».

Le vin peut accomplir ce que Lui n'a su faire : faire incliner le Satan devant l'humain.

Le reste, je le laisse à Khayyâm, à ce grand démystificateur, qui a apparemment déjà écrit un merveilleux traité, *Nawroz Namah*. Tu ne l'as pas encore lu, je suppose. On l'a découvert bien après sa mort. D'ailleurs, certains chercheurs doutent qu'il ait été écrit par Khayyâm lui-même.

L'ouvrage traite du nouvel an persan, de son avènement, de sa philosophie, de ses rites… et un chapitre est consacré à l'œnologie. Et tout cela à travers la mythologie et l'histoire perses.

Le traité ramène le vin à son état organique, débarrassé de toute métaphore mystique.

On a beaucoup glosé sur ce sujet. Je vais parler donc des deux autres.

Le rire,

comme le tien, il cache le Diable. Il provoque le malaise chez les religieux fanatiques. Tu ris de leur barbe, de leur mentalité, de leur sexe, de leurs craintes, de leur fourberie…

Les éclats de rire, je les entends dans tes poèmes. Toutes sortes de rires qui existent à travers notre langue persane :

Rish (barbe)-*khand* (rire)
Nish (dard)-*khand*
Zahr (poison)-*khand*
Pouz (gueule)-*khand*
Khira (sombre)-*khand*
Chakar (sucre)-*khand*
Harza (gratuit)-*khand*

Voici comment tu ris de la barbe d'un faux soufi :

Le soufi habillé en bleu céleste n'est qu'un infâme
Lorsqu'il incline son cou de cigogne et entame
la méditation de la prière, ce n'est qu'une ânerie,
Il voit sa bite suspendue sur la chatte de sa femme

Ton rire me ramène non seulement au temps de l'innocence, à mon enfance, mais aussi aux origines de mon identité culturelle. Une identité qui porte la sève de la sagesse indienne, le sang de la folie perse préislamique et le souffle de l'ivresse grecque présocratique. Mais une identité bafouée par l'austérité des oulémas et des mollâs.

Inspirés du platonisme, les courants théologiques de ton époque, comme certains cercles philosophiques et mystiques, condamnent l'humour. Leur maître, Platon, n'appréciait guère le rire. Donc pas de comédie ! Pas de poètes ni de dramaturges présocratiques ! Il préférait Euripide à Aristophane.

Lucien de Samosate (IIe siècle), l'auteur du *Maître de rhétorique*, n'a pas tort d'appeler Platon « ce raisonneur froid ».

Je comprends pourquoi l'Islam a adopté Platon, et non pas Aristote. Exactement comme le christianisme.

Le judaïsme, au contraire, a opté pour le rire. Car Yahvé a ordonné à Sarah et Abraham de nommer leur fils Isaac – *Yitz'hak*, ce qui signifie « il rira ». Ainsi l'humour devient-il une tradition chez les juifs, au mépris de certains milieux fanatiques.

Malgré tout, en Islam, quelques mystiques aussi s'y attachent, comme Attar qui, dans son livre *Le Mémorial des saints*, rapporte l'histoire de Fatima, une femme soufie : « Je suis toujours étonné d'entendre des soufis déclarer vivre dans l'amour de Dieu, et pleurer amèrement. N'ont-ils pas honte ? Si, comme ils le prétendent, ils sont unis à leur Bien-Aimé, pourquoi alors ne sont-ils pas heureux et pleins de gaieté ? »

Encore une femme qui doit ramener les ascètes tristes à la joie.

De temps à autre, je me demande si les religieux hostiles au rire n'avaient pas entendu, de l'au-delà du temps, la voix d'un certain Nietzsche qui dans son œuvre majeure, *Ainsi parlait Zarathoustra*, criait : « Les dieux sont morts. » Une sentence que tout le monde connaît. Mais qui se souvient de la suite ?

À mon sens, c'est là le suc de sa parole, le plus amusant et le plus surprenant.

Le philosophe moustachu disait : « Oui, les dieux sont morts, ils sont morts de rire !... Ils sont morts de rire en entendant l'un d'eux dire qu'il était le seul ! »

Le crier haut et fort dans le milieu monothéiste peut créer quelques problèmes. Je ne veux pas t'embarquer dans un tel délire – même si cela peut t'amuser –, seulement pour te protéger. Tu as assez d'ennemis, je suppose.

On rit pour dompter ses craintes ! Contrairement aux religieux, chez qui le rire éveille les craintes, comme dit l'évêque Bossuet : « Le sage ne rit qu'en tremblant... »

Khayyâm et toi, vous ne craignez ni Dieu ni Satan, mais l'Homme.

Vos angoisses ne relèvent guère de votre manque de foi, mais plutôt de vos contradictions profondes, de votre prise de conscience quant à l'absurdité de l'existence et à vos incertitudes métaphysiques...

Et c'est la même absurdité qui déclenche en vous le rire.

Le sexe,

encore un sujet qui fâche, surtout chez les oulémas pour qui l'acte sexuel est au fond bestial. Le désir est une œuvre satanique. Il ne faut donc jamais s'accoupler comme les bêtes, n'importe où, n'importe comment, en dehors du mariage, ni par pur plaisir.

Il faut être discret aussi bien dans l'acte que dans la parole. Et même un homme polygame ne peut avoir des ébats sexuels avec l'une de ses femmes en présence de ses autres épouses et/ou concubines.

J'imagine l'horreur qu'éprouvent ces oulémas en lisant ton quatrain que j'aimerais répéter ici :

Ce garçon turc que je n'ai pas vu assez
Qu'il soit au-dessus et moi en dessous,
Pour nous réconcilier, ô Pour Khatib,
Tu t'occupes de son cul, et moi de sa queue

Dans une des versions de ce poème, le verbe *bâzi-kardan* (jouer) est utilisé dans le dernier vers à la place de « tu t'occupes » :

Tu joues avec son cul, et moi avec sa queue

Comme tu le sais, dans la langue persane, pour « faire l'amour », on emploie plutôt le verbe jouer, *ishq bâzi*, qui signifie littéralement « jouer amour ». Ici, il s'agirait même de *batcha-bâzi* pour « jouer garçon ».

Cela paraît d'abord amusant de définir l'acte sexuel comme un jeu, sans dessein, sans obsession de procréation et de productivité. Un pur jeu de plaisir.

Mais lorsque je fouille dans les dictionnaires pour trouver les racines du mot *bâzi* (jeu), je m'aperçois qu'il n'est pas si innocent. Le vocable vient du verbe *bâkhtan* qui signifie « perdre ».

Donc, faire l'amour, c'est perdre ! Mais perdre quoi ?

La virginité ?

Le sperme ?

La foi ?

Dans la culture abrahamique, l'acte sexuel, comme tout ce qui procure du pur plaisir, est vanité. Rien que vanité !

Mais alors chez toi, qui vis dans un tel contexte moraliste, d'où vient cet érotisme si présent dans ta poésie ?

Et comment ?

Hormis la vie, bien sûr, je découvre que l'influence des textes indiens et grecs est évidente dans tes poèmes comme dans toute la littérature érotique arabo-perse.

Je doute fort que tu aies lu le *Kamasutra*. Il n'est pas encore traduit entièrement à ton époque, mais les commerçants indiens et chinois, ainsi que les moines bouddhistes, qui parcourent la Route de la soie, en ont apporté quelques extraits qui circulent aussi bien dans les palais que dans les tavernes. Tu peux donc retrouver les traces du traité dans les histoires préexistantes d'*Alfia-o-Shalfia*, réécrites par Aboubakr Azraki pour le sultan seldjoukide de Nichapour, Toghân Shah. C'est la copie conforme du *Kamasutra*.

Concernant la tradition érotique venant de la Grèce antique, les recherches contemporaines dévoilent qu'à Bagdad on connaît depuis le IXe siècle la poésie bachique, célébrant le culte du vin, des éphèbes, de la débauche…

Mais pas que ça !

En feuilletant le fameux livre *Al-Fihrist*, l'incroyable encyclopédie composée vers 987 de notre ère, établie par un libraire de Bagdad nommé Ibn al-Nadim, je me rends compte que tu es l'héritière d'une grande littérature érotique.

L'encyclopédiste a répertorié quarante et un livres sur *ishq bâzi* (faire l'amour), vingt-quatre livres à propos des « amoureux célèbres », et douze ouvrages sous le chapitre de l'« érotologie ».

En tout cas, je sens dans tes quatrains le souffle érotique de ces textes, comme *Les Mille Contes*, première version des *Mille et Une Nuits*, qu'Ibn al-Nadim considère, par ailleurs, comme une œuvre médiocre.

Un autre ouvrage fondateur circule à la cour royale, mais aussi dans les rues, le livre très célèbre d'Ibn Hazm (994-1064), *Le Collier de la colombe*.

On parle aussi de l'œuvre d'Al-Jahiz (IXe siècle), un autre encyclopédiste, auteur d'un traité sur la sexualité.

Impressionnant et troublant, même aujourd'hui. Le livre parle avec une clarté saisissante des mérites sexuels des concubines et des éphèbes, ainsi que du plaisir du coït par la sodomie, en se référant aux manuels indiens.

Sans oublier les *Chroniques de Bayhaqi*, dont un passage décrit en détail les dessins érotiques, voire pornographiques, toujours d'inspiration indienne, qui ornent les recoins intimes du palais du sultan Massud Ghaznavi (998-1041) – la dynastie royale chassée par les Seldjoukides.

Et ainsi de suite.

Pourquoi tant de livres érotiques à cette période ?

En m'interrogeant sur la mentalité surprenante de ces deux dynasties, les Seldjoukides et les Ghaznavides, j'ai découvert que, venant des steppes d'Asie centrale, elles n'avaient pas encore bien assimilé les mœurs islamiques. Il en résulte sous leurs règnes une société assez trouble, schizophrène, aussi bien sur le plan politique que philosophique et éthique. Concernant la sexualité, c'est encore pire.

Mais toi, tu dois t'en réjouir.

En même temps, je sais que tu n'es pas dupe. Tu en es même plus que consciente. Ces textes sont tous écrits par des hommes et, bien sûr, pour exciter les hommes. Les femmes n'y figurent que comme objets du désir, même dans les récits des *Mille Contes*, dont parle Ibn al-Nadim.

Tu aurais ri de certains penseurs actuels qui reviennent sans cesse sur ces textes pour glorifier la tolérance sexuelle dans l'Islam.

Et le pire est quand tu entends dire que, s'il y a tant d'ouvrages sur le sujet, c'est pour que les fidèles musulmans se rendent compte du plaisir que Dieu leur a promis au paradis.

Ce monde terrestre est l'espace du désir inachevé ; l'autre, céleste, celui du plaisir éternel.

Quelle supercherie ! me dirais-tu.

Ou quelle ignorance.

Quand je lis des livres sur la vie intime du prophète Mohamed, sur ses rapports avec ses femmes, je m'aperçois que les oulémas ne l'ont pas pris, lui, comme modèle.

Et même dans la profession de foi *Bismi Allah ar-Rahman ar-Rahim* (Au nom d'Allah le Miséricordieux et Clément), les deux attributs *Rahman* et *Rahim* ont une même origine, *Rahèm* (utérus). Je me demande si ces théologiens comprennent la langue coranique.

Et qu'ils aillent faire le pèlerinage à La Mecque. Qu'ils observent la forme du socle qui maintient les morceaux de la Pierre noire. C'est *L'Origine du monde* !

Khayyâm l'a déjà vue lors de son pèlerinage en Arabie saoudite.

Je le vois tourner autour de la maison de Dieu. Sept tours. Puis il s'arrête à l'angle sud-est de la Kaaba. S'en approche. Il sent quand même une fébrilité en lui. Surtout en voyant dans le flanc du monument cette structure ovale en or blanc qui maintient la Pierre. L'œil à la verticale. Sa main la caresse. La Pierre est tiède. Il se retire.

Son doute l'emporte ailleurs.

Je me demande si tout cela a un sens pour toi. Es-tu vraiment croyante ?

Mais bien sûr. Parler à ton époque d'athéisme est complètement anachronique. Pourtant il faut avouer que, dans tout ce que l'on peut lire à ton sujet, et à travers toute ta poésie, ta foi traîne sur un terrain vague, indiscernable. Tu t'adresses occasionnellement à la divinité dans tes poèmes. Tu te moques de la jurisprudence islamique, des muftis et de leurs fatwas ; tu condamnes les oulémas à l'hypocrisie, tu veux ignorer ce qui se passe dans les tombes, tu ne crains pas l'enfer, tu ne fantasmes pas sur le paradis…

Tes rares quatrains dans lesquels l'appartenance religieuse est évoquée exposent plutôt ton rapport avec tes amants qui ne sont pas de la même conviction que toi. L'un est chrétien, comme celui-ci :

À ce jeune chrétien, que je ne veux jamais faire souffrir
dont une seule chevelure vaut les deux mondes à offrir
je demande « donne-moi un baiser », « va-t'en ! » me répond-il
« Je n'en donne même pas ni à Jésus ni à Marie »

L'autre est un juif :

Ô toi au visage lumineux comme la paume de ton prophète
Que le mien soit juste et bon avec toi
J'ai peur que tu abandonnes la foi de Moïse
Pour que je te convertisse à la foi de Mohammad

C'est troublant pour ta communauté musulmane. Aussi troublant que cette histoire drôle que j'ai entendue à Kaboul. On l'a attribuée à un certain Mollâ Nasr-Odîn, que tu ne connais malheureusement pas. Lui est plus légendaire que toi.

D'où vient-il ?

Existe-t-il vraiment ?

Quand ?

Où ?

Personne ne sait nous répondre avec certitude. Chaque pays, de la Mongolie à la Turquie, l'intègre, voire le *naturalise* dans sa culture.

Lui aussi est un *barzakhi* depuis le XIVe ou le XVe siècle.

L'histoire :

Un jour notre Mollâ, accompagné de ses disciples, se promenant dans la ville, reçoit en pleine figure une poignée de poussière, jetée d'une fenêtre par une dame non musulmane ! Ses compagnons veulent punir la femme. Mais Mollâ Nasr-Odîn les en empêche et leur demande de lui envoyer des fleurs et des cadeaux !

— Mais, Mollâ, protestent ses disciples, elle a jeté de la poussière sur ton visage à toi, le représentant de l'Islam !
— Justement, c'est à ce titre que je vous ordonne de faire ce que je vous demande, leur assène Nasr-Odîn.
Ils s'exécutent. La femme, très bouleversée par ce geste, vient voir le Mollâ en se jetant à ses pieds, lui demandant le pardon. Ainsi se convertit-elle à l'Islam. Sur ça, Nasr-Odîn se retourne vers ses disciples et leur dit :
« Vous voyez ! Elle m'a jeté une poignée de poussière sur le visage, mais moi, en la convertissant en une bonne femme musulmane, je l'ai enterrée vivante ! »

Je ne t'entends plus rire.
Je comprends. Tu n'aimes guère que le destin d'une femme soit dans les mains d'un homme.

Corps – âme

Ceux qui ont fondé leurs affaires sur la fourberie
Ce sont eux qui distinguent le corps de l'esprit

Ce distique, enregistré sous le nom de Khayyâm, soulève une question philosophique majeure qui hante ta poésie, défiant la conception dualiste du platonisme.

Je ne sais plus si je me suis déjà exprimé sur le rapport qu'entretiennent le corps et l'esprit dans la pensée mystique persanophone à ton époque, inspiré de la pensée du philosophe grec. J'y reviens quand même mais d'un autre point de vue, plutôt linguistique, qui me permet de comprendre un autre aspect de ma langue maternelle à travers un mot qui m'est très cher : *djân*.

Amoureuse des mots que tu es, m'autorises-tu à reprendre mes délires sur cette expression ?

Lorsque tu regardes ton image, sens-tu, comme moi, l'étrange sensation de devenir enfant ? Non, pas un enfant mais un être primitif. Celui qui découvre pour la première fois l'ombre de son corps, ou son reflet à la surface de l'eau, bien avant la naissance du miroir.

Moi, je deviens cet homme sauvage qui, inquiet et émerveillé, interroge son image : « Qui es-tu ? »

D'où surgit cette question ?

De mon âme ou de mon corps ?

Ni l'un ni l'autre.

Je ne suis pas corps *et* âme.

Je ne suis pas seulement le corps, non plus.

Ni l'âme.

Ni le corps de l'âme.

Ni l'âme du corps.

Je suis seulement *djân*.

Ce mot n'est pas un triste trope, mais une joyeuse lexie de la langue persane.

Il en est l'unique expression.

Cette symbiose, je la retrouve dans tes poèmes quand tu parles du corps. Seulement, bien sûr, dans les poèmes qui te sont attribués, et surtout dans tes vers érotiques.

Je pense que personne ne sait combien de copistes t'ont trahie, et combien de fois. Soit par ignorance, soit par volonté de détruire une poète comme toi qui les dérange en parlant du corps avec une telle vision profane.

J'en ai trouvé un :

Le coït de l'âne avec l'ânesse
Réveilla le désir chez la dame
En pleine nuit, elle saisit le sexe de son mari
Qui lui pénétra par le cul
Elle lui demanda : sors l'isabelle égarée
Il dit : elle/il est sauvage et majnoun (folle/fou)

Ce poème est un des rares *ghazals* que tu aies écrits. Ce n'est qu'une histoire drôle, me dirais-tu, sans grande profondeur et sans l'extase verbale que tu cultives dans tes quatrains très subtils.

Je doute que cette odelette soit de toi.

Mais je suis certain qu'en m'entendant délirer ainsi tu me demanderais : « Ça te trouble ? »

Aurais-je répondu oui, tu m'aurais dit : « Alors, c'est moi qui l'ai écrit ! » Et pour me troubler davantage, tu chanterais à nouveau, encore un distique plus scandaleux :

Tu viens avec ta sale queue pour la mettre dans ma chatte
Puis, tu poses par hypocrisie quelques baisers sur ma joue

Je rougis et je me tais, il vaut mieux.

Cependant, je découvre dans un livre iranien que ce dernier distique est enregistré au nom de Rodaki, un des premiers poètes persanophones. Étrange de lire ces mots sur les lèvres d'un homme !

S'ils venaient de toi, je sais que tu ne l'aurais pas dit seulement par provocation mais aussi par vocation.

Agitatrice de la ville, tu es convaincue d'une chose : si ton rire et ton cri ne réveillent pas les esprits endormis dans leur lit d'ignorance et sous la couverture des dogmes, ils peuvent au moins perturber leur sommeil. Et cela par ton corps de femme, condamné à s'oublier. Ou à s'offrir. Ou à se vendre.

Mais tu n'oublies pas ton corps.

Ni ne l'offres.

Ni ne le vends.

Parce que c'est toi qui désires.

C'est toi qui joues avec ton corps comme avec celui de l'autre.

Organiquement.

Et poétiquement.

Tu vas encore t'esclaffer si je dis, au doigt mouillé, que le corps dans ta poésie n'est ni utopique, ni angélique, ni satanique, mais humain. Trop humain, sans doute, pour certains.

Tous ces mots te semblent bons à gloser dans les universités.

Pour toi, le corps est bel et bien une arme politique.

Tu troubles par où une femme souffre. Biologiquement, psychologiquement, amoureusement et socialement.

Ainsi combats-tu, comme Khayyâm, la pensée en train de se répandre à cette époque, condamnant le corps comme chair périssable, et célébrant l'âme comme souffle de Dieu éternel.

Cette vision théologique pèse inévitablement sur la dramaturgie de l'amour. On ne célèbre que les amours contrariées, blâmées, cachées. Tout désir amoureux est source de souffrance.

Dans la tradition poétique arabe, il y a même un terme spécifique : *udhri*, ayant, paraît-il, ses origines dans une tribu nommée *Banu Udhra.* Une poésie de lamentation sur les amours impossibles, sur les passions inassouvies condamnées par la société et la religion.

Toi, tu n'es pas dans cette dramaturgie de l'amour, mais dans celle de l'aimance.

Chez toi, rares sont les quatrains qui exposent la souffrance amoureuse. C'est pourquoi je doute des poèmes de ce genre qui te sont attribués. Toi, tu ne veux aucunement te présenter comme une lamentable et misérable victime. Tu es pleine de fierté féminine.

Tu es loin, bien loin, de l'amour platonique fondé sur la figure de l'aimé absent et insaisissable. Pour toi, l'autre doit être présent, en chair.

Je trouve que le mot français « amour » est très éthéré pour toi, moins intense.

C'est pourquoi j'ai emprunté le terme « aimance » pour nommer cette passion dont tu parles. Un terme venu apparamment du XVIIIe siècle et banni par le puritanisme du XIXe siècle. Le penseur Abdelkébir Khatibi le définit comme « cette langue d'amour qui affirme une affinité plus active entre les êtres, qui puisse donner forme à leur affection mutuelle et à ses paradoxes [...] une affinité de libérer entre les partenaires un certain espace inhibé de jouissance ».

Tu dois adhérer à cette « langue d'amour », pardon ! à cette « langue d'aimance » que tu maîtrises si bien. En témoigne ton quatrain ci-dessous, dans lequel tu réussis magistralement à transformer l'arme de souffrance en instrument de jouissance :

Si le mari de la jeune femme est vieux
Elle sera triste jusqu'à la vieillesse
Oui, il y a un adage que disent les femmes
Il vaut mieux avoir une flèche au flanc que le vieil homme

Avoir une flèche évoque immédiatement la mort. Mais tu ne t'arrêtes pas à cette image triste. Tu en joues. La maligne ! Tu en joues afin de faire revenir la femme à la vie, au plaisir, à la liberté.

J'ai mené ma recherche sur le mot persan *tir* (flèche). Maintenant je sais qu'à ton époque il y a une expression qui s'emploie dans le milieu féminin : *tir-é saatari*, pour désigner une sorte de godemiché, fait d'os en forme de flèche, joliment arrondi et enrobé de cuir. *Saatari* est connu comme « objet en cuir utilisé entre deux femmes pour se faire l'amour ». Encore, apparemment, un héritage grec. Les origines du mot remontent même à Satyre, dans toutes ses dimensions mythologiques.

Même Jalal Ud-Din Balkhi en parle dans un de ses poèmes.

Si Dieu incorpore l'esprit d'un homme en femme
Elle, comme saatari, *désirera la femme*

Mot – chose

Mehstî,

sers-moi encore du vin, comme tu me sers tes mots exquis !

J'imagine que toutes les personnes qui te rencontrent, comme moi, s'impatientent que tu leur étales sur la table tes quatrains nus. Ils aimeraient tant caresser tes mots, glisser dans les plis textuels de ta poésie, et toucher le secret de ton écriture si féminine.

De ce lyrisme, tu éclaterais de rire.

Tu dirais que tu évites de coucher tes vers sur les feuilles. Tu les connais tous par cœur. Non seulement parce que tu les chantes souvent mais aussi par peur qu'ils ne tombent entre les mains des malveillants. Comme le craint aussi Khayyâm. Mais lui, paraît-il, écrit ses poèmes sur des bouts de papier qu'il plie et cache dans les manches de son *tchapan*. Il les garde pour la postérité ; même si, philosophiquement parlant, il chérit le présent.

Mais c'est plutôt conceptuel.

Toi, tu vis dans le *hic et nunc*, corps et âme. Tu vis dans la chair et non pas dans les ossements.

Tu chantes tes quatrains. Et tu les vis, et ris avec. Tu les gardes en toi, dans ta mémoire, dans ta chair.

Tu laisses les mots jouer ton corps, et ton corps jouir des mots.

Le secret de ta sensualité verbale réside, à mon sens, dans ce rapport que tu entretiens au cœur de ta poésie entre les mots et la chair.

Je ne t'analyse pas !

Je dis ça pour me plaindre. Car ce jeu entre les mots et le corps me confronte à la difficulté, voire à l'impossibilité de traduire tes vers persans en français. C'est exaspérant. À maintes reprises, j'ai voulu m'en abstenir. Mais, un jour, en consultant les pages de *L'Art de poésie* qui concernaient la traduction d'un texte poétique, j'ai décidé de tenter une expérience : ne pas traduire littérairement tes poèmes, mais littéralement.

Mais avant qu'il ne soit trop tard pour toute expérience et tentative de traduction – et de trahison –, j'aimerais savoir pourquoi cette obsession pour l'art du quatrain, alors que tous les grands auteurs de la littérature classique persane recherchent la performance dans ces trois formes poétiques : *mathnawi*, *quassida* et *ghazal*.

Khayyâm me répondrait dans son langage savant :

La première est un poème narratif, souvent très long, composé de distiques rimés, exposant les récits historiques, épiques ou idylliques.

La deuxième est moins longue, à rime unique, sur des thématiques amoureuses, religieuses, satiriques…

La troisième, encore moins longue, et la plus connue, chante abondamment l'amour sacré ou profane, ainsi que les visions mystiques ou érotiques.

Mais aucune de ces formes poétiques ne convient à l'instantanéité de ta vision du monde, comme à celle de Khayyâm, sur l'existence.

L'art du quatrain, *rubaï*, est tout autre chose. C'est la plus ancienne forme dans la littérature persanophone, et la plus courte, composée seulement de quatre vers, dont les deux premiers riment avec le quatrième. Il a un rythme unique chez tous les poètes. En treize syllabes, chaque vers est composé à partir d'un système de versification préétabli en syllabes courtes (6 U) et longues (7 –). Et dans l'ordre suivant, de droite à gauche, comme toute écriture arabo-persane :

— U U - - U U - - U U - -

D'où vient ce rythme ? Les avis des chercheurs divergent. Les persanophones plantent ses racines dans la musique, et dans le bruissement des rues ; les arabophones dans le Coran (sourate 18/verset 39) : *La hawla wa la quwwata illa billah* (Il n'y a de force et de puissance qu'en Allah).

En premier lieu, cela m'importe peu. Mais lorsque je lis tes quatrains et ceux de Khayyâm, je m'aperçois qu'ils prennent différentes teintes si je me réfère à leurs origines.

Je songe à tes vers qui parlent de l'ivresse et du sexe sans pudeur aucune. Et cela sur le rythme du verset coranique. Ou tout comme Khayyâm qui accuse l'impuissance de Dieu en empruntant la même versification avec laquelle Allah fait louange de ses propres forces d'omnipotent.

Rien que pour ce sacrilège, j'adhère à la thèse coranique, même si elle est largement contestée et rejetée.

Et toi ?

Silence.

Alors, je continue mon apprentissage.

Outre sa musicalité – fondée sur la forme sacrée et la pensée profane –, le *rubaï* donne l'impression d'une parole improvisée, urgente et situationnelle. Qu'il s'agisse des questions sexuelles ou métaphysiques.

PAROLE IMPROVISÉE,

parce que le rythme et la structure sont déjà là, pas besoin de les inventer. Il faut trouver des mots, des situations, des personnages… et « le sens est quelque chose qui vient s'ajouter au poème », comme dit Jorge Luis Borges, qui, en tant qu'admirateur de Khayyâm, aurait tant aimé, lui aussi, discuter avec toi sur le sujet.

Tu le rencontreras un jour dans le *nâ-kojâ-âbâd*. J'en suis persuadé.

PAROLE URGENTE,

parce que le présent n'est que cet instant qui passe. *Tout finit par passer.* Or, pas d'attente ! Pas de promesses ! Il faut survivre au temps. Soit par ivresse – d'après la dramaturgie existentielle de Khayyâm –, soit par extase – d'après ta volonté de jouissance.

Vous, tous les deux, vivez dans l'urgence. Dans l'urgence vitale, sociale, historique, artistique.

Khayyâm :

Ignorant, sache-le, ce corps de chair n'est rien
Cette voûte aux neuf ciels, noir ou blanc, ce n'est rien
Dans ce monde qui naît et qui décompose
Nous sommes un instant, peut-être même rien[9]

Tu entends dans la voix feutrée de Khayyâm la fébrilité existentielle du poète penseur. Et lui, dans ton quatrain à toi, ta lucidité séculière :

Je dis : « Apporte vite du vin gouleyant »
L'autre dit : « C'est vendredi, le sommeil te sera éreintant »
Je dis : « La floraison ne revient qu'une fois par an
Le vendredi, chaque semaine, revient pourtant »

PAROLE SITUATIONNELLE,

parce que, tel le haïku japonais, le quatrain, en tant qu'art instantané et urgent, est « productif et non pas représentatif » ; productif de récit, de sensation, de songe, et de sens.

Cette poésie produit du sens qui n'existe pas en amont. Ce sont la forme et la matière qui précèdent l'idée. Et non l'inverse, comme chez les platoniciens.

Poésie instantanée, le quatrain produit tout au présent, durant le processus de sa création. Comme si l'énonciation l'emportait sur l'énoncé. D'où la présence éternelle du « je » dans tes poèmes. Plus que chez Khayyâm. Lui, en tant qu'homme, un savant, une célébrité, n'a sans doute pas besoin de s'affirmer ; toi, si. Tu sais que ta féminité, ton corps, ton désir, tes mots te condamneraient un jour à l'incertitude. Il faut donc raconter vite, dans l'instant.

Certes, tu n'as pas été lapidée de ton vivant, parce que tu étais la protégée du sultan, mais l'Histoire t'a quand même assassinée. En faisant de toi un personnage fictif, en te dépossédant de ton existence.

Je suis navré de te parler avec toute cette cruauté et cette évidence.

En ce qui concerne tes vers, comme je te l'ai déjà dit, ils sont en grande partie intraduisibles. Ou impossibles à comprendre s'ils ne sont pas expliqués. Ce que tu n'aimerais guère.

Moi aussi, je me méfie des explications qui atténueraient la sensualité de ta poésie.

À titre d'exemple, je prends l'un de tes quatrains dans lequel les ébats verbaux sont en parfaite cohérence avec la jouissance narrative. La psychanalyse d'aujourd'hui aurait trouvé une cohésion lascive entre les « joui-sens » et les « joui-sons ».

Tes quatrains, il faut d'abord les écouter. Non seulement parce que tu les as souvent composés avec de la musique et chantés à haute voix dans les tavernes ou dans la cour du sultan, mais aussi pour percevoir leur voltige phonétique qui entraîne l'auditeur dans un incroyable vertige sémantique.

De l'au-delà du temps, j'entends ta voix, récitant un de tes poèmes dont les rimes sont composées de trois mots, en trois syllabes : *Yak-so-zan*, qui se répètent, résonnent et se complètent.

En revanche, leur sens change selon l'arrêt marqué et le blanc entre chaque mot-syllabe.

Yak : un
So : côté, direction
Zan ! : frappe !
Zan : femme
Sozan : aiguille
Yak so zan ! : frappe d'un côté !
Yakso zan ! : dégage d'un seul côté !
Yak sozan : une petite quantité, étincelle
Mazan ! : ne frappe pas, ne dégage pas !
Yakso : un seul côté
Soz : vent froid, brûlure, angoisse

Donc :

Ne frappe pas (Mazan) des deux côtés, mais d'un seul côté (yak so zan)
Et la mèche de ton visage, tu la dégages (yakso zan)
Si la mèche de ton amour prend feu d'une étincelle (yak sozan)
D'un côté homme se consume, de l'autre côté femme (zan)

L'incertitude planant sur le sexe de la personne à qui tu t'adresses est engendrée par l'ambiguïté sémantique des mots générée par la similitude et la répétition d'un même son. Et, dans l'écriture, par la ressemblance graphique.

یک سو زن

Je l'ai déjà évoqué, les consonnes en persan comme en arabe cachent les voyelles courtes.

C'est seulement pour surenchérir sur l'incertitude, me dirais-tu.

Une affaire de pouvoir, dirais-je, que certains savants religieux pratiquent afin de compliquer la lecture, comme pour rester les seuls à comprendre et interpréter les écrits sacrés à leur guise. Ou rendre inaccessibles les textes profanes.

Je suis très curieux de savoir pourquoi dans cette civilisation tout baigne dans l'incertitude : le temps et l'espace dans le *nâ-kojâ-âbâd*, la phonétique et le genre dans la langue, le sexe dans la société…

Je ne suis pas surpris d'apprendre que le *x*, comme signe d'une valeur inconnue ou variable en mathématiques, est pensé par les savants perses. Certains parlent de Khayyâm comme son auteur, d'autres l'attribuent à Al-Khwârizmi (VIIIe-IXe siècle), cherchant les origines du signe dans le mot arabe *shaï* (chose), transcrit en espagnol comme *xay* (*x* = sh).

Mais un persanophone protesterait en affirmant que cela vient du mot *tchiz*, plus proche de « chose », phonétiquement et sémantiquement.

Tu es quand même d'accord que dans notre culture d'origine tout est *tchiz*, tout est *x* – sans jouer avec cette lettre qui, dans le langage du monde moderne, sert à qualifier les « interdits », tels que les œuvres pornographiques.

Sa conception, si je n'exagère pas, fait partie de cette philosophie orientale selon laquelle toute vérité reste cachée, comme le dernier imam, jusqu'à la Résurrection.

Au cœur de cette pensée intellectuelle musulmane, surtout chez les chiites, c'est la vision mahométane, développée par son gendre Ali, qui domine en absorbant d'autres philosophies et d'autres religions, comme le néoplatonisme, la gnose chrétienne, la haggada juive, le zoroastrisme et l'hindouisme pour qui la vérité, comme essence, réside derrière *cent voiles d'apparence*.

La vision imamite est fondée sur ces trois concepts : *bâtin* (sens caché), *ta'wil* (exégèse) et *zahir* (forme apparente).

C'est donc dans cette triade qu'il faut chercher le sens des signes.

Le sixième imam, Jaafar al-Sâdiq, dit : « Notre cause est un secret dans un secret, le secret de quelque chose qui reste voilé, un secret que seul un autre secret peut enseigner ; c'est un secret sur un secret qui est voilé par un secret… » Et ainsi de suite.

Et c'est vous, les femmes, selon un verset du Coran (IV/34), qui gardez ce secret. Vous-mêmes, vous êtes ce secret.

C'est pourquoi il faudrait vous cacher et vous voiler, si l'on suit ce syllogisme.

Je n'ose te demander ce que, toi, tu caches comme *x*. Tu m'aurais répondu, seulement pour troubler la devise coranique, la même chose que tu as dite au sultan qui te demandait :

— *Qu'y a-t-il en dessous de ta robe, ô toi, corps blanc ?*
— *C'est l'empreinte du sabot de moschidé de Chine sur la feuille de jasmin*[10].

Et pour Khayyâm le *x* révèle une seule vérité que la religion tente de cacher : l'absurdité de l'existence.

Le secret éternel, tous deux nous l'ignorons
Lire l'énigme un jour, jamais nous ne pourrons
Derrière le Rideau de nous deux l'on discute
Rideau levé, ni toi ni moi nous ne serons

Être – paraître

J'espère que tu ne m'en voudras pas si je reviens sur le récit d'Attar, et plus précisément sur sa morale.

Une question me titille : pourquoi cette leçon de morale te vise-t-elle seulement toi et non le sultan ni son échanson ? Alors que ces deux-là, ils dépravent plus que toi les mœurs sociales et sexuelles !

Je pose la question et, si tu me le permets, je me réponds.

Tout d'abord sur le plan narratif. Le sacré dramaturge qui commence son histoire avec ton nom comme personnage principal, il doit la boucler avec toi, bien sûr. Cependant, il m'invite à lire toute l'histoire du point de vue du sultan Sandjar. Et je m'aperçois que la morale de l'histoire est aussi sa voix à lui, le sultan. Le tutoiement de la conclusion n'est guère adressé au lecteur. C'est lui, le souverain, amoureusement blessé, qui continue de t'interpeller.

Je délire ?

J'imagine Attar en train d'écrire cette scène. D'un sourire moqueur caché sous sa barbe, il souffle à Sandjar cette conclusion, d'ailleurs très équivoque, pour que lui te la dise :

Si tu t'efforces de Lui rendre grâce
La générosité divine te fera trouver tout ce que tu désires.

L'éclat de ton rire envahit la taverne et retentit dans la parfumerie d'Attar. Tu te demandes ce qui se passerait si tu désirais encore l'échanson !

La question restera en suspens, sauf si l'on croit à la théologie qui nous répond : ton vœu est cette fois-ci exaucé par la « grâce divine », et non par ta volonté à toi.

Tu pourrais te demander si Attar a lu Khayyâm, et s'il connaît sa réponse, à laquelle tu adhères toi aussi :

Certains disent que dans l'Éden les houris sont bons
Moi, je dis que le suc de vigne est bon
Prends-le, et laisse l'autre promesse
Car de loin le son du tambour est bon

Et pourtant, le même Attar, dans son livre hagiographique, *Tadhkirat al-awliyâ*, relate une belle anecdote mystico-féministe, qui va te plaire :

Un soufi, dans le silence de sa méditation, eut soudain la vision d'une femme se livrant aux jeux de l'amour dans une maison de passe.

— Seigneur, soupire le soufi, de grâce, donne-moi cette femme !

— Non, fit la Voix, pourquoi n'as-tu pas prié que je te donne, toi, à elle ?

Tout cela pour dire que la morale donnée à la fin de cette histoire, comme dans presque tous les récits, est souvent une échappatoire, grâce à laquelle les auteurs déjouent la censure et évitent l'échafaud. L'important pour ces auteurs, c'est l'histoire. Ou plutôt, raconter des histoires, surtout celles qui troublent.

En fait, toute la création littéraire, à n'importe quelle époque et n'importe où, est une histoire du trouble, celui que provoquent une vérité, un désir, un rire… Comme dans tes poèmes.

Trouble dans le récit même, mais aussi dans l'écriture et dans la lecture. Inéluctablement. Sinon, point de plaisir, ni pour l'auteur ni pour le lecteur.

Oui, il faut qu'un texte, comme un corps, me désire pour que j'éprouve de la jouissance.

En tant que sens et sensation, le trouble ne demeure absolument pas au bout d'un récit. Jamais. Il le traverse. Comme une spirale. À l'infini…

Je sens ton regard assassin sur moi. Laisse-moi partir dans mes délires.

En tant que lecteur, je ressens dans chaque vers d'Attar ce *plaisir du trouble* dont jouit l'auteur, et ce *trouble du plaisir* que vous éprouvez, vous, ses personnages, et cela tout au long de l'histoire.

Ce trouble me saisit de sorte que j'oublie la véracité du récit.

Maintenant que cette historiette est écrite, elle existe dans ma mémoire, dans mon imaginaire, dans ma culture. Et elle me trouble.

Elle trouble même dans sa morale qui te pointe de son index. Pourquoi un tel poète s'adresse-t-il, via le sultan, à toi plutôt qu'à lui-même ou à son échanson ? Pour contourner la censure ? se rattraper avec cette morale pour le trouble qu'il a semé ?

Ou pour t'absoudre ?

Mais qu'est-ce que j'ai pu commettre comme faute ? me demanderais-tu.

Flirter avec l'échanson du sultan, bien sûr. Autrement dit, tu es fautive parce que tu désires. Parce que tu n'es pas l'objet du désir, mais comme toujours le sujet. C'est toi qui arraches l'échanson aux étreintes du sultan, tout en sachant le prix que tu dois payer pour ton plaisir.

Khayyâm, comme toi, sait comment répondre à ces hommes religieux :

Un cheikh dit à une débauchée : « Tu es ivre
Et à chaque instant tu te donnes à quelqu'un »
Elle lui répond : « Je suis ce que tu dis, certes
Mais toi, es-tu ce que tu parais »

Dans ce quatrain, hormis la dénonciation de l'hypocrisie des hommes, Khayyâm revient encore au concept cher à la religion : l'essence cachée sous l'apparence. Je pense à cette troublante devise d'un certain Bayazid qui a dû forcément interpeller notre cher poète : « Parais ce que tu es, ou sois ce que tu parais. »

Je t'en parlerais davantage si l'on se retrouvait au comptoir d'un café parisien.

Et je te demanderais pourquoi dans cette époque, sous le règne d'un sultan aux mœurs débridées, c'est encore et toujours le comportement de la femme qui est remis en cause, alors que, pour commencer son récit, Attar te présente comme une figure féminine volontaire, subversive, émancipatrice… Et « femme d'esprit (plutôt *femme de lettres*) et de vertu ».

Ton destin dans le récit n'est pas si différent de celui de n'importe quelle femme soumise au système phallocrate auquel tu résistes. L'histoire virile de la poésie te condamne toujours soit comme une personne réelle mais débauchée, soit comme un personnage imaginaire, créé par le fantasme des poètes.

À toi, donc, de demander pardon à Dieu, et d'atteindre, grâce à la prière, la Rédemption, que tu ne cherches aucunement. Tu n'es pas non plus en quête islamique de la Révélation.

Tu n'aspires qu'à la Délivrance. Celle de la chair et des mots.

En délivrant ton corps et ta poésie de toute métaphore, tu ne t'attaches qu'aux mots nus face à la vérité cachée. Mais cela ne t'empêche pas de jouer avec les expressions ambivalentes. Comme dans ce quatrain, dont les mots-vedettes sont *khâya* (testicule, œuf) et *koun* (cul, derrière, bas, fond) :

Un beau garçon, accro au jeu de khâya
Vint derrière moi, à la main un khâya
Disant : Je casserai deux cents têtes avec ce koun
J'assenai un coup au koun, *il repartit, vidé de* khâya

Je t'admire.

Tu te sers de la musicalité des signes phonétiques et de leur ambiguïté sémantique pour construire un micro-récit qui, à son tour, donne un nouveau sens aux mots. Comme on a vu dans ton poème sur *saatari*, ou dans celui de *suzan*. Dans ceux-ci, tu joues d'une manière très subtile avec les objets qui appartiennent à l'« univers féminin » selon les normes sociales. Mais tu t'en empares et les manipules comme des armes pour te moquer de la virilité et de l'hypocrisie des systèmes phallocrates.

Ainsi ta poésie devient-elle profondément politique.

Et c'est la raison pour laquelle, comme toutes et tous les poètes engagé.es, tu es soit récupérée soit rejetée par l'Histoire selon ses besoins politiques, économiques et culturels.

Poétique – politique

Aurais-tu pensé qu'un jour, en France, un ex-exilé afghan tomberait des nues devant toi ? qu'il s'éprendrait de tes mots, de ton audace, de ton désir ?

Ce n'est ni un hasard ni un destin, me dirais-tu, mais une simple possibilité. De la littérature !

Au début, j'ai précisé que cela faisait plus d'un an que tu m'habitais, que tu me hantais, que tu m'enchantais... Mais avant de t'écrire, de te trouver, je t'ai cherchée. Je t'ai cherchée pendant cinq ans. Aussi bien dans les livres que dans ma vie.

Je suis bien conscient que tous mes questionnements ne relèvent que de mon esprit à moi, un homme du XXIe siècle. Mais il n'empêche que tu restes une figure féminine dont l'art, l'élan et l'esprit libertaire, même dix siècles plus tard, hantent l'esprit d'aujourd'hui.

Ma lecture de ta poésie peut paraître dépendre d'un « regard occidentalisé ». Inévitablement. Mais tout au long de ce texte, tous les ouvrages cités, tous les poèmes rapportés mettent en évidence que ni le culte du corps, ni l'érotisme, ni le féminisme, ni l'existentialisme ne sont l'exclusivité de l'Occident. Seul change le point de vue. Et l'époque.

C'est le moment de quitter le *barzakh* et de venir avec moi dans les ruelles labyrinthiques de mon monde où il n'y a plus de frontière entre le paradis et l'enfer.

Je t'emmène dans les villes que tu as dû connaître. Tu verras, elles ont toutes changé de visage. Mais pas de mentalité. Et c'est même pire qu'à ton époque.

On y va ?

À Gandja,

tu ne peux croire tes yeux qui voient un « Centre culturel de Mehstî » construit par le gouvernement de l'Azerbaïdjan. Un palais, presque.

En es-tu fière ?

Cela m'étonnerait de toi. Tu n'as jamais misé sur le futur, sur la postérité, sur la notoriété. Tu n'attends rien après ta mort.

Mais pas les autres.

Mais pas l'Histoire.

Je trouve ce palais, tu m'excuses, très kitsch et sans âme. Tu es représentée en tant que « fierté nationale », tel un canon de beauté de l'Asie centrale. Non pas à l'instar de Vénus ou Aphrodite, mais comme un mannequin de plastique, ou de plâtre. Sans esprit.

Le 17 janvier 2013 a été célébré en grande pompe le neuf centième anniversaire de ta « naissance » par le décret du président de la république d'Azerbaïdjan.

Mais oui !

Aussi as-tu désormais une date de naissance. Félicitations.

Il y a même eu sur la scène nationale une pièce de théâtre en ton honneur, écrite par Kamala Aghayeva, « artiste honorée et retraitée présidentielle ». Elle racontait ta vie surtout à partir du moment où tu as quitté Gandja, déjà vieille et malade.

Tu retournais dans la ville de Balkh, où Ashraf, un potier, écrivait tes rubaïs sur les pots qu'il fabriquait et vendait.

En 2019, un opéra a été joué, avec le livret de Leyla Gadirzade et la musique de Pike Akhundova.

Et puis des livres biographiques, des recueils de poèmes, des portraits (toujours très kitsch) sont publiés par le gouvernement…

Enfin tu es reconnue. Sans doute pas comme tu voudrais l'être.

Hélas !

Tes poèmes crus sont presque tous censurés ou modifiés. Même un chercheur renommé comme Rafael Huseynov, dans son ouvrage « officiel », a choisi tes quatrains altérés.

Comme ces vers que j'ai déjà cités dans ma propre version, et que je reprends ici, mais tels qu'ils sont réécrits et traduits par les Azerbaïdjanais :

Je suis Mehsitî et il n'y a personne pour partager ma beauté
Le Khorâsân et l'Irak en sont étonnés
Toi, Pur-i-Khatib, viens pour l'amour de Dieu
Ne laisse pas cette séparation me brûler comme le feu

Avec ironie et rage, tu l'aurais corrigé :

Je suis Mehsti unique parmi les beautés
En Khorâsân et en Irak, devenue une célébrité
Ô Pour Khatib de Gandja, au cul comme portique
Du pain, de la viande et de la bite ! sinon « trois divorces » traités

Je ressens la mainmise de la politique, l'héritage de l'éthos des États ex-communistes, qui essaient de donner une image épurée aux personnalités hors de leurs normes.

Cette image officielle de toi est décharnée, fade, sans profondeur...

Non, tu ne peux pas en être fière.

À Cognac,

vendredi 7 octobre 2016, à la mairie, « dans le cadre du jumelage entre Cognac et Tovuz [...], l'Orangerie a été inaugurée en présence de l'ambassadeur d'Azerbaïdjan,

Elchin Amirbayov. À cette occasion, la ville de Tovuz a offert à la ville de Cognac une impressionnante statue de Mehstî Gandjavi [...]. Venez admirer et caresser cette très belle statue en marbre de Carrare installée dans les jardins de l'Orangerie. » écrit une dépêche du comité de jumelage de Cognac.

Eh oui, désormais, tu es même célèbre en France.

À Téhéran,

tu serais surprise de voir les innombrables publications des œuvres de Khayyâm et le récent mais très discret intérêt pour toi et ta poésie.

En feuilletant les livres sur Khayyâm, tu serais scandalisée de découvrir tous ces commentaires qui font de lui un scientifique mystique.

Il serait encore plus vénéré officiellement s'il avouait que le vin dans ses poèmes était une métaphore. Qu'il parlait seulement de l'absurdité de la vie profane, et non de la Création, et affirmait que, toi, Mehstî, tu es une pute...

Mais toi, tu t'en moquerais.

Tu renchérirais.

Et tu répéterais ce quatrain de Khayyâm aux oreilles sourdes de ceux qui tentent de te renier, ou te travestir :

Ivre du vin des mages, je le suis
Kafir ou gabr ou idolâtre, je le suis
Chaque clan me voit à sa manière
Je n'appartiens qu'à moi-même, tel que je suis

Et ta voix s'élèverait dans le cortège de ces jeunes filles qui crient : *Zan, Zendegi, Âzâdi* (Femme, Vie, Liberté). Des mots que tu célèbres à travers ta vie et ta poésie.

C'est de la Délivrance.

Je te relate quelques événements pour que tu saches ce qui se passe dans les pays où ta poésie demeurerait une arme politique contre la barbarie humaine.

Le 13 septembre 2022.

Arrêtée par la police des mœurs pour ses cheveux découverts, et détenue afin de suivre des cours d'éthique, Mahsa Amini fut le jour même conduite à l'hôpital où elle tomba dans le coma. Depuis, une révolution est en marche, une révolution menée par les femmes pour défendre leur corps.

Rien d'idéologique.

Rien de spirituel. Tel que c'était le cas dans ce pays durant la révolution de 1979. D'où ces slogans enragés, ces voix viscérales, ces gestes insolents, ces insultes très crues à l'égard des imams, de leurs sexes, de leurs habits, que tu entendrais dans les rues de Téhéran.

Aujourd'hui, tu pourrais, toi aussi, être recherchée pour tes provocations, accusée d'adultère, etc. Mais tu serais vénérée par ces filles iraniennes qui dix siècles plus tard continuent ton œuvre, en chantant ton quatrain comme leur hymne :

On ne peut nous retenir jusqu'à la vieillesse
Dans une triste cellule
Celle qui a des mèches comme chaîne
On ne peut l'enchaîner dans le foyer

C'est le même combat. Toujours. « Du corps avec le corps par le corps depuis le corps et jusqu'au corps[11] », contre la phallocratie.

Sais-tu pourquoi aucune partie du corps féminin n'est aussi insolente que les cheveux ?

Ils bouchent les baignoires, certes, mais ils provoquent aussi Dieu, excitent les anges…

Et enchaînent les amants. C'est toi qui dis, rappelons-nous :

J'attacherai ma chevelure à ta mèche
Pour que tu restes et ne te sauves, comme hier soir, ivre
Je te dirai avant l'allégresse tout ce que j'ai sur le cœur
Pour que tu ne dises pas encore : Elle est ivre

Alors que ton contemporain, Khaqani, crie :

Si tes cheveux renient la foi
Serait égaré qui suit le chemin de Dieu

En effet, les cheveux des femmes sont hérétiques, érotiques et, surtout, politiques : on les cache au nom de Dieu ; on les rase en signe de révolte contre le pouvoir, ou pour humilier celle qui s'est offerte à l'ennemi ; on les tresse, coiffe, teint, afin d'affirmer sa féminité et/ou de ne pas perdre sa jeunesse.

Si tu pouvais savoir tout ce que je vois !
Tout ce que je sens !
Tout ce que j'entends dans tes cheveux…

Dommage que tu n'aies pas connu Baudelaire. Il serait ton amant, lui aussi.

Une autre question à propos de vos cheveux :

Pourquoi aucun mouvement féministe n'a su détruire le symbolisme féminoïde des cheveux ? Pourquoi aucune idéologie ne s'est érigée contre cette obsession violente de Dieu et des hommes pour ces fils organiques qui maintiennent un lien intime entre la femme et l'univers ?

Pourtant ils couvrent dignement la tête et le sexe.

Mystère.

À KABOUL,

j'aurais tant aimé t'emmener avec moi dans un vieux quartier, appelé *kharâbât*, situé au pied de l'Âshighan-o-Âréfan (colline des Amoureux et des Sages), non loin du palais royal. Ce n'est évidemment pas le même *kharâbât* que tu connais à Gandja et à Marv au XIIe siècle, où tu chantes dans les tavernes, et enchantes le monde par tes quatrains.

À Kaboul aussi, tous les poètes et les chanteurs s'y étaient installés au début du XIXe siècle, sous l'ordre d'un monarque qui, lors de son voyage aux Indes britanniques, avait invité quelques familles chanteuses indiennes auprès de lui.

Mais durant la guerre civile (1992-1996), la cité des enchanteurs est réduite en cendres. Cette fois, le terme de *kharâbât* prend tout son sens d'origine : les ruines. Alors que dans la tradition des mystiques, c'est un *nâ-kojâ-âbâd*.

Aujourd'hui, dans ma ville natale, tu ne découvrirais, hélas, que du sang et des pierres.

Désolé de partager avec toi toutes les larmes des femmes afghanes sous les fouets de l'armée des ténèbres, alors que toi, jusqu'ici, tu m'as envoûté, et avec quelle générosité, à travers ton rire.

Tu serais hors de toi si je te racontais ce qui s'est passé à la veille du nouvel an, le 19 mars 2015, au bord de la rivière de Kaboul. On y a jeté le corps d'une certaine Farkhunda, une jeune Afghane de vingt-sept ans, étudiante en science islamique, qui reprochait à un gardien de mausolée d'écrire et vendre aux femmes des talismans bidons, alors que l'Islam avait interdit ces objets de superstition. Hérissé par les propos de la jeune fille, le gardien se mit à hurler, l'accusant d'avoir brûlé le Coran, et incitant les hommes qui se trouvaient dans le mausolée à la punir. Par dizaines, ils se sont rués sur elle pour la lyncher avec une sauvagerie jamais vue. Après l'avoir mise à terre, ils l'ont achevée sous les coups de pied et de pierre ; puis, ils ont brûlé son corps avant de le lancer dans la rivière sèche, emplie d'excréments des hommes...

Mais le feu ne prenait pas, tant les vêtements de la jeune fille étaient trempés de sang. Alors, les hommes l'ont enveloppée dans leurs écharpes et vestes non pour la protéger, mais pour l'enflammer !

J'entends ton cri.

Enragée, tu entrerais dans le mausolée, chercherais le gardien... pour l'assassiner avec tes mots.

Prier avec tant de doute dans le cœur, à quoi bon
Quand le poison atteint djân (corps-âme), *l'opium à quoi bon*
Paraître pieux devant les gens
Avoir l'esprit impur dans les habits purs, à quoi bon

Tu allumerais une bougie en hommage à Farkhunda et à toutes les autres que tu ne connais pas.

Puis tu aurais couru dans les rues de la ville désenchantée pour déclamer quelques landays, ces poèmes anonymes très courts (de deux vers) que tu pourrais entendre dans le sud de l'Afghanistan, sur les lèvres des femmes pachtounes analphabètes en allant vers les champs et la rivière :

En secret je brûle, en secret je pleure,
Je suis la femme pachtoune qui ne peut dévoiler son amour.

★

Demain les affamés de mes amours seront satisfaits
Car je veux traverser le village à visage découvert et chevelure au vent.

★

Écarte la sombre frange de mon front, embrasse mon grain de beauté,
C'est un fruit du paradis, un porte-bonheur pour la vie.

★

N'y a-t-il pas un seul fou dans le village ?
Mon pantalon couleur de feu brûle sur mes cuisses.

★

À tes côtés je suis belle, bouche tendue, bras ouverts,
Et toi, comme un lâche, tu te laisses bercer par le sommeil[12]*.*

À quoi tu répondrais :

À force de dormir et te reposer, tu ne satisfais jamais mon désir
La nuit, je te parle, tu ne me réponds jamais
Je suis assoiffée, et toi mon Khezr du moment
Au nom de Dieu, pourquoi tu ne me donnes pas d'eau

Leurs éclats de rire envahiraient la rue, la ville, et l'Histoire.
Ils troubleraient le sommeil de l'armée des ténèbres.
Après, nous devrions partir, sinon…
je serais pendu,
et toi, lapidée.

Il vaut mieux nous exiler dans les rues de l'Histoire, situées sur la terre de *nâ-kojâ-âbâd*.
Sans savoir d'où nous venons,
où nous allons...

Notes

1. Farîd-ud-Dîn 'Attâr, *Le Livre divin*, traduit par Fuad Rouhani, Albin Michel, 1990, p. 283 © Éditions Albin Michel, 1961, 1990.

2. Farîd-od-Dîn 'Attâr, *Le Cantique des oiseaux*, « Le Livre des oiseaux », traduction de Leili Anvar, Paris, Éditions Diane de Selliers, 2012 © Éditions Diane de Selliers. La traduction de Leili Anvar a été réalisée spécialement pour l'édition *Le Cantique des oiseaux de Farîd-ud-Dîn 'Attâr illustré par la peinture en Islam d'orient* publiée par les Éditions Diane de Selliers.

3. Jorge Luis Borges, *L'Art de poésie*, traduit par André Zavriew, Paris, Gallimard, 2002, p. 72.

4. Akhtar Hoogly, 1787-1858, *Le Mémorial du Soleil omniprésent.*

5. Jean-Yves Lacroix, *Le Cure-dent*, Paris, Allia, 2008, p. 62.

6. Amin Maalouf, *Samarcande*, Paris, Jean-Claude Lattès, 1988, p. 49 © Éditions Jean-Claude Lattès, 1988.

7. Farîd-ud-Dîn 'Attâr, *Le Livre divin*, traduit par Fuad Rouhani, Albin Michel, 1990, p. 321 © Éditions Albin Michel, 1961, 1990.

8. Tchouang-Tseu, *Court Traité du langage et des choses*, traduit et commenté par Jean-François Billeter, Allia, 2022, p. 21.

9. Sadegh Hedayat, *Les Chants d'Omar Khayyam*, traduits par M.F. Farzaneh et J. Malaplate, Paris, José Corti, 1993 © José Corti.

10. Akhtar Hoogly, 1787-1858, *Le Mémorial du Soleil omniprésent.*

11. Antonin Artaud, *Œuvres*, Paris, Gallimard, 2004, p. 1335.

12. Sayd Bahodine Majrouh, *Le Suicide et le chant. Poésie populaire des femmes pashtounes.* Traduction, présentation et adaptation par André Velter et l'auteur © Éditions Gallimard.

Références :

Uniquement les ouvrages cités

AL-NADIM Ibn, *Al-Fihrist*, traduit en persan par Mohamad Reza Tajadod, Téhéran, Asâtri Publication, 2002.

ATTAR Farid-o-Din, *Le Livre divin*, traduit par Fuad Rouhani, Paris, Albin Michel, 1990.

Le Cantique des oiseaux, traduit par Leili Anvar, Paris, Éditions Diane de Selliers, 2012.

Le Mémorial des saints, traduit par A. Pavet de Courteille, Paris, Le Seuil, 1976.

BARTHES Roland, *Le Plaisir du texte*, Paris, Le Seuil, 1973.

BAYHAQĪ Abu'l-Faḍl, « Târikh-é Bayhaqhî », *Les Chroniques de Bayhaqhî*.

BORGES Jorge Luis, *L'Art de poésie*, traduit par André Zavriew, Paris, Gallimard, 2002.

CORBIN Henry, *Histoire de la philosophie islamique*, Paris, Gallimard, 1986.

DEHKHODÂ Aliakbar, « Loghatnâme », *Persian Encyclopedic Dictionary*, Téhéran, 1998.

Floor Willem, *A Social History of Sexual Relations in Iran*, traduit par Mohsen Minookherad, Stockholm, Ferdosi, 2008.

Ghanbari Mohammad-Rezâ, *Khayyam-Nameh*, Téhéran, Zavar, 2005.

Gharagozlou Ali Reza Zekavati, *Omar Khayyam*, Téhéran, Tarh-e Now, 2000.

Gutas Dimitri, *Pensée grecque, culture arabe*, traduit par Abdesselam Cheddadi, Paris, Aubier, 2005.

Hazam Ibn, *Le Collier de la colombe*, traduit par Gabriel Martinez-Gros, Arles, Actes Sud, 1992.

Hedayat Sadegh, *Les Chants d'Omar Khayyam*, traduits par M.F. Farzaneh et J. Malaplate, Paris, José Corti, 1993.

Huseynov Rafael, *Mahsati Gandjavi*, Bakou, Fondation Heydar Aliyev, 2013.

Khowansari Ahmad Sohayli, *Rubaïat Hakima Mehsti dabir*, Téhéran, Iran Publication, 1992.

Lacroix Jean-Yves, *Le Cure-dent*, Paris, Allia, 2008.

Maalouf Amin, *Samarcande*, Paris, Jean-Claude Lattès, 1988.

Majrouh Sayd Bahodine, *Le Suicide et le chant*, traduit par l'auteur et André Velter, Paris, Gallimard, 1994.

Rire avec Dieu, traduit par l'auteur et Serge Sautreau, Paris, Albin Michel, 1995.

Massignon Louis, *Écrits mémorables II*, Paris, Robert Laffont, « Bouquins », 2009.

Mehrâbi Mo'y Odîn, *Mehsti Gandjavi*, Téhéran, Tooss Publication, 2003.

MEIER Fritz, *Die Schöne Mahsati*, Leyde, Koninklijke Brill, 2005.

SHAFFÏ-KADKANI Mohamad Reza, *Mosighi she'r*, Téhéran, Âgah, 1979.

SHAYEGAN Daryush, *Hindouisme et soufisme*, Paris, Albin Michel, 1997.

SHAYEGAN Daryush, *Henry Corbon, penseur de l'Islam spirituel*, Paris, Albin Michel, 2011.

SHAYEGAN Daryush, *L'Âme poétique persane*, Paris, Albin Michel, 2017.

SOHRAVARDI Shihâboddin Yahya, *Le Livre de la sagesse orientale* (Kitâb Hikmat at-Ishrâq), traduit par Henry Corbin, Paris, Verdier, 1986.

TCHOUANG-TSEU, *Court Traité du langage et des choses*, établi par Jean-François Billetert, Paris, Allia, 2022.

Dictionnaire du Coran, sous la direction de Mohammad Ali Amir-Moezzi, Paris, Robert Laffont, 2007.

Les Femmes, l'amour et le sacré, ouvrage collectif, Paris, Albin Michel, 2010.

RESSOURCES EN LIGNE :

https://ganjoor.net/
https://www.youtube.com/watch?v=QaC-p2DIKfM
https://www.youtube.com/watch?v=BbkwudLtKEc
https://www.youtube.com/watch?v=ZVva0hbAz3o
https://www.researchgate.net/publication/346799187_MAHSATI_GANJAVI_IN_THE_STUDIES_OF_BRITISH_ORIENTALISTS

Remerciements

À celles et à ceux qui m'ont aidé et inspiré pour écrire ce livre :
Leili Anvar
Aliyeh Ataei
Mahmoud Chokrollahi
Héloïse Godet
Jeanne Grange
Rahima Katil
Pierre Louis-Calixte
Philippe Robinet
Vassili Silovic
Nahal Tajadod

Composition et mise en pages PCA – Rezé
Achevé d'imprimer en octobre 2023
sur Roto-Page par l'Imprimerie Floch à Mayenne
pour le compte des Éditions Calmann-Lévy
21, rue du Montparnasse 75006 Paris

PAPIER CERTIFIÉ

CALMANN LEVY s'engage pour l'environnement en réduisant l'empreinte carbone de ses livres. Celle de cet exemplaire est de :
300 g éq. CO_2
Rendez-vous sur www.calmann-levy-durable.fr

N° d'éditeur : 5348609/01
N° d'imprimeur : 103458
Dépôt légal : octobre 2023
Imprimé en France